SCROOGED

As festas de fim de ano ficaram mais quentes...

Autoras Bestseller do N...

VI KEELA[ND]
PENELOPE WARD

Copyright © 2018. SEXY SCROOGE de Vi Keeland & Penelope Ward
Copyright © 2019. THE MERRY MISTAKE de Vi Keeland & Penelope Ward
Copyright © 2019. KISSMAS IN NEW YORK por Vi Keeland e Penelope Ward
Direitos autorais de tradução© 2021 Editora Charme.

Todos os direitos reservados.
Nenhuma parte desta publicação pode ser reproduzida, distribuída ou transmitida sob qualquer forma ou por qualquer meio, incluindo fotocópias, gravação ou outros métodos mecânicos ou eletrônicos, sem a permissão prévia por escrito da editora, exceto no caso de breves citações consubstanciadas em resenhas críticas e outros usos não comerciais permitido pela lei de direitos autorais.

Este livro é um trabalho de ficção.
Todos os nomes, personagens, locais e incidentes são produtos da imaginação da autora. Qualquer semelhança com pessoas reais, coisas, vivas ou mortas, locais ou eventos é mera coincidência.

1ª Impressão 2021

Produção Editorial - Editora Charme
Adaptação da capa e Produção Gráfica - Verônica Góes
Fotos - Dreamstime, AdobeStock, Vectorstock
Tradução - Sophia Paz
Revisão - Equipe Charme

Esta obra foi negociada por Brower Literary & Management.

FICHA CATALOGRÁFICA ELABORADA POR
Bibliotecária: Priscila Gomes Cruz CRB-8/8207

K26s	Keeland, Vi
	Scrooged. Sexy scrooge. The merry mistake. Kissmas in New York / Vi Keeland; Penelope Ward; Tradução: Sophia Paz; Produção Editorial: Editora Charme; Adaptação da capa e produção gráfica: Verônica Góes – Campinas, SP: Editora Charme, 2021. 136 p. il.
	ISBN: 978-65-5933-048-5
	1. Ficção norte-americana. 2. Romance Estrangeiro. – I. Keeland, Vi. II. Ward, Penelope. III. Paz, Sophia. IV. Góes, Veronica. VI.Título.
	CDD - 813

www.editoracharme.com.br

SCROOGED

TRADUÇÃO: SOPHIA PAZ

Autoras Bestseller do *New York Times*
VI KEELAND
PENELOPE WARD

CAPÍTULO 1

Meredith

— Você só pode estar brincando comigo — murmurei para mim mesma enquanto abria a porta da frente do meu prédio. — Perfeito. Simplesmente perfeito. — O vento uivou e jogou flocos de neve do tamanho de frisbees no meu rosto. Ergui o capuz do meu casaco, coloquei alguns cachos rebeldes atrás das orelhas e puxei as cordinhas para prendê-lo ao redor do meu rosto. Meus olhos e nariz foram as únicas coisas que permaneceram expostas. Apertando os olhos, tentei ver através da espessa nevasca para procurar meu carro de aplicativo. Um veículo entrou na minha rua e as luzes do carro se acenderam quando ele diminuiu a velocidade e encostou no meio-fio. Pelo menos meu Uber chegou rápido. Pelo menos eu *esperava* que fosse o meu Uber, porque corri sem me preocupar em verificar a placa.

O capuz ainda estava cobrindo meu rosto quando entrei na parte de trás do carro escuro e bati a porta. Provavelmente por isso levei alguns segundos para perceber que o assento em que eu tinha acabado de sentar não era realmente um assento.

— Umm. Com licença — uma voz profunda disse. A voz profunda de *um homem em cujo colo eu tinha acabado de sentar.*

Me assustei, e as coisas viraram uma merda depois disso.

Gritei diretamente na cara dele. Então me virei e comecei a estapeá-lo no rosto.

— Que porra é essa? — o homem gritou.

Segurando meu peito, senti meu coração martelando contra as costelas.

— Quem é você? Que diabos você está fazendo?

— Você acabou de entrar no *meu* Uber, pulou no meu colo, me deu um tapa na cara e quer saber quem eu sou? *Quem diabos é você?*

— Achei que fosse o *meu* Uber.

O motorista que eu nem tinha notado decidiu intervir:

— Este é um Uber compartilhado. Esta é a porra da corrida de ambos.

— Uber compartilhado? — perguntou o sr. Voz Profunda. — Eu não pedi um carro compartilhado.

Ele pode não ter, mas eu com certeza *tinha* pedido um Uber Juntos. Era mais barato, e Deus sabe que eu precisava economizar um dólar sempre que pudesse.

— Eu pedi um compartilhado.

Foi então que percebi que ainda estava sentada no colo do outro passageiro. Então levantei minha bunda o melhor que pude dentro dos limites do banco de trás.

— Humm. Você acha que pode deslizar para que eu não fique grávida se o carro der um solavanco?

O sr. Voz Profunda resmungou algo que não consegui entender enquanto deslizava para o outro lado do carro. Ele tirou o celular do bolso e começou a rolar a tela.

— Eu não uso carros compartilhados. Tenho certeza de que isso é algum tipo de engano.

O motorista bufou.

— Bem, você o fez hoje. Porque foi isso que você pediu. É isso ou você pode sair e caminhar. Não há muitos outros motoristas rodando nesta bagunça que está hoje. O que vai ser? Minha esposa tem um presunto assando no forno, e eu tenho gêmeos de três anos que esperam que seus presentes estejam embrulhados quando acordarem amanhã de manhã. É minha última viagem do dia.

Me acomodando no assento, desamarrei o capuz e finalmente olhei para o meu companheiro de viagem. Claro que ele tinha que ser lindo. Com seus óculos grossos, queixo quadrado e ombros largos, ele me lembrava do Clark Kent. Óbvio, eu não poderia me envergonhar na frente de um cara feio. *Deus me livre.*

— Tudo bem — resmungou o passageiro. — Apenas vá. Não posso me atrasar.

Inclinei-me para a frente no assento enquanto o motorista saía do meio-fio.

— Você pode só me deixar primeiro? Eu também não posso me atrasar.

Clark Kent balançou a cabeça.

— Claro. Pule no meu colo, me estapeie e então me atrase.

Eu tinha esquecido totalmente que tinha batido nele.

— Sinto muito por bater em você. Foi uma reação impulsiva. Mas quem fica dentro de um carro no meio-fio enquanto espera outra pessoa entrar, afinal?

— Uma pessoa que pensa que não está em um Uber compartilhado. Eu nem vi você caminhando em direção ao carro. Está uma nevasca lá fora, caso não tenha notado.

— Talvez, da próxima vez, você deva ter mais cuidado ao pedir seu Uber.

— Não haverá uma próxima vez. Confie em mim.

— *É mesmo?* Eu te deixei traumatizado para o resto da vida? Sabe, *alguns homens* podem pensar que é o dia de sorte deles quando uma mulher senta em seu colo.

Clark olhou para mim pela primeira vez. Seus olhos analisaram rapidamente o meu rosto.

— Estou apenas tendo um dia horrível. Um *mês de merda*, para falar a verdade.

Eu tinha certeza de que qualquer que fosse a sorte de merda que o homem lindo ao meu lado teve nos últimos meses, ela não se comparava aos meus últimos meses. Então, decidi compartilhar a minha história.

— Ontem, eu estava em um ônibus que cheirava a vômito. Uma doce velhinha sentou-se ao meu lado e começou a adormecer com a cabeça no meu ombro. Quando desci do ônibus, percebi que ela tinha alcançado meu bolso *e* roubado meu relógio. No dia anterior, um cara bêbado em uma roupa de Papai Noel tocando um sino do Exército da Salvação agarrou minha bunda quando eu passei. Eu o soquei e então o xinguei, e, quando me virei, descobri que um grupo de escoteiras tinha assistido à coisa toda, exceto quando ele agarrou minha bunda, e todas começaram a chorar. Tudo o que viram foi que dei um soco no Papai Noel. Alguns dias antes disso, prometi à minha vizinha que cuidaria do seu gato enquanto ela e a filha de oito anos passavam a noite fora da cidade. Cheguei em casa do trabalho e a coisa peluda estava deitada na minha cama, bem onde eu durmo. *Morta.* A menina chora toda vez que me vê no corredor agora. Tenho certeza de que ela acha que sou uma estranguladora de gatos. Ah… e não vamos esquecer que hoje é véspera de Natal, e em vez de ir ao Rockefeller Center para que meu namorado de quatro anos possa me pedir em casamento debaixo da grande árvore, algo com que eu sonhava desde que era pequena, eu estou indo ao tribunal para ser despejada pelo meu senhorio imbecil faminto por dinheiro. — Respirei fundo e soltei o ar quente. — O tribunal não deveria estar fechado na véspera de Natal, por falar nisso?

Aparentemente, eu o deixei sem palavras com meu discurso, porque ele não estava dizendo nada.

Clark Kent me encarou por um tempo antes de finalmente falar:

— Não, na verdade, os tribunais nunca fecham na véspera de Natal, apenas no dia de Natal. Passei muitas vésperas de Natal no tribunal.

Arqueei minha sobrancelha.

— Ah, é? Você é um criminoso ou algo assim? Por que isso?

Ele esboçou um sorriso.

— Sou advogado de defesa.

Apertei meus olhos.

— Mesmo...

— Isso te surpreende?

— Na verdade, não... pensando bem, você parece do tipo metidinho.

— Metidinho?

— Sim, você sabe... pretensioso, autoritário, argumentativo... sabe-tudo. Essa foi a minha primeira impressão de você, e o trabalho se encaixa.

— *Sabe-tudo?* Você acabou de me chamar de inteligente? — Ele piscou.

Deus, ele é adorável de um jeito meio idiota. Encantador também.

Talvez eu devesse tentar ser um pouco mais legal.

CAPÍTULO 2

Esfregando as mãos, olhei pela janela um pouco para organizar meus pensamentos antes de me virar para ele novamente em um esforço para ser cordial.

— Então... para onde você está indo?

— Tenho que cuidar de alguns negócios rápidos antes de voltar para Cincinnati, para o feriado.

— Para sua esposa e filhos?

Ele me lançou um olhar engraçado através dos óculos, como se a resposta não fosse da minha conta.

— Não, na verdade, eu moro aqui em Nova York. Meus pais moram em Ohio.

— Entendi. — Ofereci a ele minha mão. — Eu sou Meredith.

Ele a pegou.

— Adam. — O calor da sua mão nesta noite fria era melhor do que uma xícara de chocolate quente natalino.

— Sinto muito por descarregar tudo em você assim. — Soprei minha franja loira. — Tive uma grande onda de azar ultimamente.

Ele balançou a cabeça.

— Não existe tal coisa, linda.

Seu uso da palavra "linda" me fez corar.

— O que você quer dizer... com não existe tal coisa?

— Não existe azar. Você está no controle da maioria das coisas na sua vida, quer saiba disso ou não.

Estreitando meus olhos, falei:

— Como você pode dizer isso? Ninguém está no controle de tudo.

— Eu disse *quase* tudo. A velha que adormeceu com a cabeça no seu ombro? Você nunca deveria ter deixado isso acontecer. Quero dizer, como você pode não ter sentido que seu relógio estava sendo removido do bolso? Você deveria ter sido mais atenta. Admito que o Papai Noel agarrando sua bunda e a morte do gato não foram culpa sua. Merdas acontecem. Mas a questão do aluguel? Isso provavelmente poderia ter sido evitado, se você pensar bem. Aposto que está gastando dinheiro que não tem, estou certo? Dinheiro que poderia ter sido gasto no aluguel. Essa bolsa Louis Vuitton deve ter custado uns dois mil. Se você não pode pagar o aluguel, não deve ter uma bolsa de dois mil dólares.

Agarrei minha bolsa Louis Vuitton Pallas defensivamente, embora ele estivesse parcialmente certo.

Esta bolsa custou dois mil e quinhentos dólares, para ser exata, idiota.

Como ele ousa me dizer o que posso ou não ter?

— Você acha que sabe tudo? Ela foi um presente do meu namorado. Eu não a comprei.

Ele sorriu.

— Aquele que irá te pedir em casamento no Rockefeller Center debaixo da árvore?

Engoli em seco.

— Bem... *ex-namorado*. Aquele que *não* vai me pedir em casamento debaixo de *nenhuma* árvore. Eu tive essa fantasia boba de que ele iria me pedir em casamento este ano. Nós nos beijaríamos debaixo da árvore no Rockefeller Center... e ele me inclinaria para trás em um beijo dramático.

Ele riu.

— Isso soa como uma cena de um filme antigo clichê, o beijo dramático. Não tenho certeza se isso acontece na vida real, linda.

Pare de me chamar de linda, cara lindo.

— Sim, bem... nada disso vai acontecer porque ele me trocou por uma das minhas amigas. Na verdade, bem perto do Dia de Ação de Graças. Suponho que também tenha sido minha culpa?

Sua expressão se fechou.

— Ai. Eu sinto muito. Não... não é sua culpa. Ele é um idiota. Mas também não foi má sorte. Parece que ele te fez um favor. Eu diria que é *boa* sorte você ter se livrado dessa roubada.

Meio que gostei desse raciocínio.

— Você tem razão. É uma boa maneira de ver as coisas. — Suspirei e olhei para a neve caindo antes de perguntar: — E você? Está em um relacionamento?

Antes que ele pudesse responder, o carro derrapou no gelo. Eu instintivamente agarrei Adam. Para minha mortificação, percebi que minha mão não estava em sua perna. Estava no pau dele!

Tirando a mão, eu me encolhi.

— Uh... me desculpe.

Minha mão demorou o suficiente para confirmar que ele com certeza tinha um pau grande.

— Aparentemente, tenho um ímã na minha virilha, visto que não é a primeira vez esta manhã que você *acidentalmente* faz contato com ela.

Merda.

Limpei minha garganta.

— Foi isso mesmo... um *acidente*.

— Claro que foi. — Ele riu e mudou de tom quando deu uma olhada na minha cara de vergonha. — Estou só brincando, Meredith. Caramba.

Algo sobre ouvi-lo pronunciar meu nome com aquela voz profunda me afetou.

Soltando um suspiro, tentei mudar de assunto.

— Enfim... você estava dizendo...

— Eu não estava dizendo nada. Você estava sendo intrometida e queria saber se eu tinha namorada ou esposa. Então, antes que eu pudesse responder, você agarrou minha virilha.

Eu nem mesmo dignificaria isso com uma resposta.

— Estou solteiro — disse ele finalmente.

Meu queixo caiu.

— Mesmo? Por quê? Você é atraente... bem-sucedido... o que há de errado com você?

Ele inclinou a cabeça para trás.

— Deus, você parece minha mãe.

Eu sorri.

— Bem, nós duas temos um bom motivo para perguntarmos.

Ele pareceu contemplativo, então me chocou quando falou:

— Na verdade, eu tive em um relacionamento longo nos meus vinte anos e ela morreu de câncer. Eu realmente não quis nada sério desde essa época. Então...

Isso me deixou sem palavras... absolutamente destruída. Era de partir o coração.

— Sinto muito.

Ele apenas me olhou.

— Obrigado.

— Isso mostra... que você nunca sabe o que as pessoas passaram.

Acho que há coisas muito piores na vida do que ser despejado de um apartamento.

Adam assentiu em compreensão, e as coisas ficaram quietas. A neve estava caindo tão forte que mal dava para ver pelas janelas.

Suspirei.

— Não tenho certeza se algum de nós vai conseguir sair da cidade esta noite.

— Para onde você disse que vai após o tribunal? — ele indagou.

— Eu não... disse para onde estava indo. Mas vou pegar um voo para Boston. Minha mãe mora lá. Vou passar o Natal com ela.

— Ela vai perguntar por que você ainda está solteira, como a minha pergunta?

— Umm... provavelmente não.

— Viu? Sua sorte não é tão ruim, afinal. Sua mãe vai, pelo menos, deixar você ter um feriado tranquilo.

Fiquei um pouco envergonhada de admitir a verdade, mas, ei, não tem como se envergonhar depois que você pegou no saco do cara. Eu me virei para encarar Adam e engoli meu orgulho antes de falar.

— Minha mãe não vai me incomodar por estar solteira porque acha que ainda estou namorando Tucker.

Adam ergueu uma sobrancelha.

— Tucker? Achei que ele era um idiota por te largar depois de quatro anos e sair com sua amiga, mas agora eu tenho certeza de que ele é um idiota, e um com um péssimo nome de garoto de fraternidade. — Ele deu uma risadinha. — *Tucker*. O que diabos você ainda está fazendo fingindo namorar esse babaca, afinal?

Suspirei.

— Não sei. Também não contei a ninguém no trabalho. O porta-retrato com a nossa foto ainda está na minha mesa. Acho que, no começo, eu não queria dizer isso em voz alta porque doía muito. Mas agora... — Olhei para o meu colo. — Não sei por que guardei isso para mim. Acho que estou envergonhada.

— Envergonhada? Por que diabos você tem que estar envergonhada? Você não fez nada de errado. Precisa superar essa merda. Livre-se da foto do idiota na sua mesa. Nunca se sabe, pode haver um monte de solteiros esperando que você finalmente corte os laços com o idiota para que eles possam convidá-la para sair.

Eu zombei:

— Sim. Tenho certeza de que tem uma fila do lado de fora da porta.

Senti Adam olhando para mim, mas evitei que meus olhos encontrassem os dele. Eventualmente, ele suspirou.

— Onde você trabalha?

— Na 68ª com a Lexington. Por quê?

Ele olhou para o relógio.

— Seu escritório está fechado hoje para a véspera de Natal?

— Não. Está aberto. Mas não há muitas pessoas. Basicamente, o mínimo necessário de pessoas. Tirei um dia de férias.

Adam se inclinou para frente e falou com nosso motorista:

— Mudança de planos. Precisa voltar para Uptown e parar na 68ª com a Lex. Vamos fazer uma parada rápida. Mantenha o carro funcionando e espere por nós. Farei valer a pena.

O motorista olhou pelo retrovisor.

— Cem dólares extras pela parada.

— Cem dólares? Onde está o seu espírito natalino? Eu estava pensando algo em torno de cinquenta.

O motorista balançou a cabeça.

— Meus filhos sugaram o meu espírito de Natal, junto com o dinheiro nos meus bolsos. Cem dólares. Vou dar a volta e o sr. Franklin da notinha de cem vai me comprar uma boa garrafa de espírito natalino de doze anos, ou vou deixar vocês dois?

Adam me encarou e nossos olhares se encontraram. Ele considerou suas opções enquanto olhava nos meus olhos, então falou com o motorista.

— Tudo bem. Cem dólares. Mas vou chegar atrasado, então você precisa acelerar.

Nosso motorista de repente virou o volante para a esquerda e o carro começou a girar. Agarrei-me no *puta merda* acima da porta e prendi a respiração até que ele recuperou o controle. O louco acabara de fazer uma inversão de marcha ilegal no meio do tráfego de Nova York em uma tempestade de neve. Meu coração estava martelando.

— Que porra foi essa? Por que esse lunático está nos levando ao meu escritório?

— Porque você precisa de ajuda para dar o primeiro passo. Vamos nos livrar da foto na sua mesa.

CAPÍTULO 3

— Isso... deveria ser um *bigode*? — Adam ergueu os óculos para uma melhor inspeção da foto minha e de Tucker. Estávamos em frente às fontes dançantes do hotel Bellagio, em Vegas, no Dia dos Namorados, deste ano. Achei que ele poderia me pedir em casamento nessa viagem. Quando não o fez, me convenci de que era porque ele queria esperar o Natal para que pudesse realizar meu sonho de infância de um pedido de casamento e um beijo romântico na frente da grande árvore. Eu estava realmente me enganando com ele.

Suspirei.

— Tucker passou por uma fase depois de assistir a um filme em que Channing Tatum interpretou um policial. — Embora eu visse a foto na minha mesa todos os dias, já fazia muito tempo que não a via de fato. Seu bigode estava muito feio. Ele raspou a parte inferior dele de modo que ficou estranhamente posicionado muito alto acima do lábio superior. E nunca foi totalmente preenchido, por isso tinha uma aparência bastante desagradável também, tipo um rato.

Adam abriu a parte de trás do porta-retratos e tirou a foto.

— Mesmo se você gostasse do bigode feio, um cara tentando se parecer com Channing Tatum deveria ter te dado uma pista de que ele era um idiota, linda.

Sorri.

— Acho que você está certo.

Ele colocou a moldura vazia de volta na minha mesa e ergueu a foto.

— Claro que estou certo. Estou sempre certo. Agora... você gostaria de fazer as honras, ou eu deveria?

— Acho que devo fazer isso.

Peguei a foto da mão de Adam e a encarei por um momento. Ele realmente parecia um idiota com aquele bigode.

— Não leve o dia todo. Já vou ouvir o juiz me criticar por estar atrasado. Rasgue-a, querida. É como arrancar um curativo de uma ferida antiga, basta deixá-lo rasgar.

Respirando fundo, fechei os olhos e rasguei a foto em duas.

— Vamos lá, garota. Continue.

Sorri e rasguei uma segunda vez. Depois, uma terceira. Foi tão bom que rasguei a maldita coisa em pedacinhos. Quando terminei, joguei os pedaços na lata de lixo e olhei para Adam com um sorriso de orelha a orelha.

Ele sorriu de volta.

— Você deveria fazer isso com mais frequência.

— Rasgar fotos?

Os olhos de Adam caíram para os meus lábios.

— Não. Sorrir. Você tem um belo sorriso.

Minha barriga deu um pequeno salto mortal.

— *Oh*. Obrigada.

Ele limpou a garganta e quebrou nosso olhar.

— Vamos, é melhor irmos.

Lá fora, a neve estava caindo ainda mais pesada agora. Adam agarrou meu braço e nós corremos, entrando de volta no Uber.

Assim que nos acomodamos no banco de trás, eu disse:

— Obrigada por isso. Na verdade, me sinto muito bem agora. O que é uma façanha, considerando que estou indo para minha desgraça iminente.

Adam desabotoou a parte de cima do casaco.

— Qual é o problema com o seu despejo, afinal? Você não parece ser do tipo que não paga o aluguel.

— Não sou. Paguei o aluguel todo mês. Adiantado. Mas eu realmente não tenho o direito de morar lá. O apartamento era da minha avó. Me mudei há dois anos quando ela adoeceu para que eu pudesse cuidar dela. O valor do aluguel é controlado pelo governo, de forma que não pode ser exigido quanto realmente vale. Ela morreu há nove meses. Eu amo lá, então fiquei. Eu nunca poderia pagar um quarto no meu bairro. Mas o senhorio descobriu recentemente e está me despejando. Ele também está me processando pelo valor de mercado do aluguel desde a data em que minha avó morreu, já que eu não tinha o direito de estar lá. Ele quer que eu pague trinta e seis mil, quatrocentos e doze dólares.

Adam olhou para mim por um longo momento.

— Trinta e seis mil, quatrocentos e doze dólares, hein? — Ele coçou o queixo. — Você disse que se mudou há dois anos e ela morreu há nove meses?

— Sim. Bem, eu estava arredondando. Talvez eu tenha vivido lá alguns meses menos que dois anos. Por quê?

— Seu advogado lhe falou sobre os direitos de sucessão?

— Não tenho advogado. Estou muito falida. O que são direitos de sucessão?

— Se você é parente de um inquilino mais velho e mora com ele por mais de um ano antes de ele morrer, não pode ser despejado e fica com o contrato de aluguel.

Meus olhos se arregalaram.

— Você está falando sério?

— Você estava lá um ano antes de ela morrer?

— Não tenho certeza! Me mudei durante o inverno e ela morreu no inverno seguinte, mas não me lembro da data exata da mudança.

— Você precisaria provar isso no tribunal hoje na audiência de despejo.

Meus ombros caíram.

— Como eu faria isso se nem mesmo sei a data em que me mudei?

— Você pode tentar fazer uma estimativa e informá-los de que precisa de um pouco mais de tempo para reunir a documentação de prova, já que acaba de saber dos seus direitos de sucessão. Pense em algo que pode usar para lembrar da data, como recibos de despesas... qualquer coisa. Dependendo do juiz, você pode conseguir uma prorrogação até depois das festas de fim de ano. Ele vai definir outra data, e você só terá que provar essa linha do tempo.

Me enchi de esperança, embora não estivesse confiante de que tinha algo para provar quando me mudei.

— E se eu não conseguir provar? — perguntei.

— Não se preocupe. Lide com isso quando vier.

— Já adiei uma vez porque estava doente. Não acho que eles vão me dar mais tempo, não importa o que eu diga a eles.

— Talvez queiram ir para casa mais cedo no Natal, e você terá sorte.

— Sorte, hein? — provoquei. — Pensei que você tinha dito que *sorte* não existe.

— Tudo bem... você me pegou. Má escolha de palavras da minha parte. Nesse caso, você apresentaria novas informações que resultariam em uma possível extensão. Então, ainda mantenho o que disse antes. Nós criamos nosso próprio destino.

— Bem, eu afirmo que minha *sorte* está uma merda ultimamente, e não acho que isso vá mudar no tribunal hoje. Não estou esperando um milagre de Natal.

— Como você se apresenta é tudo, Meredith. Se aprendi alguma coisa como advogado, é *isso*. Agora que você sabe a que pode ter direito, isso dá uma nova perspectiva a toda a situação. Se você os fizer acreditar que está confiante em sua estimativa de quando se mudou, eu estaria disposto a apostar que as coisas virarão a seu favor.

Seu discurso foi bem motivador.

Inclinei minha cabeça.

— Você realmente acredita que as pessoas podem controlar o próprio destino, não é?

— Cem por cento. Mente acima da matéria.

Fiz uma pausa, debatendo se deveria fazer minha próxima pergunta.

— O que posso fazer por *você*?

Ele apertou os olhos.

— O que quer dizer?

— Você fez algumas coisas boas por mim em tão pouco tempo... me ajudou a rasgar aquela foto de uma vez por todas e me alertou sobre essa brecha que pode possivelmente me salvar. Te devo uma. Sério... o que posso fazer por *você*, Adam?

Ele piscou algumas vezes e não respondeu. Eu estava começando a pensar que talvez essa pergunta soasse sugestiva. Então, algo um pouco mais apropriado do que para onde minha mente estava indo me ocorreu.

Estalei meus dedos.

— Espere! Já sei.

Ele ergueu a sobrancelha.

— Isso não envolve você agarrar minha virilha de novo, não é?

Viu? Ele *tinha* interpretado minha pergunta da maneira errada.

— Não, espertinho.

Ele piscou.

— O que é?

— Você disse que sua mãe está sempre te pressionando por não ter namorada. Por que não finge que está namorando comigo?

— Você vai para casa comigo ou algo assim? — Ele deu uma risadinha. — Acho que já vi um filme assim. Um encontro me arrastou para vê-lo.

— Não. Eu não irei para Ohio. Mas podemos tirar algumas fotos e fazer parecer que estamos em um relacionamento.

Ele estava se divertindo.

— Você está sugerindo que eu faça o que você fez com aquela foto do *Tucker*? Mentir sobre estar em um relacionamento?

— Bem, neste caso, seria inofensivo. Você não estaria se agarrando a uma memória doentia... apenas inventando uma história para tirar sua mãe do seu pé por um tempo. Você pode até dizer que é novo, que estamos apenas saindo casualmente.

— Você está me pedindo para mentir para minha mãe...

— Bem... sim, ma...

— Isso é brilhante, na verdade. — Ele coçou a nuca.

Aliviada por ele ter gostado da ideia, sorri.

— Sim?

— Sim. Posso nem precisar usar a história, mas, que diabos... Vou manter uma foto a postos para uma emergência, se a chatice for demais.

— Perfeito! — Eu sorri. — Ok, pegue seu telefone.

— Você é boa em selfies? — ele perguntou.

— Ah, sim. Eu sou a rainha das selfies.

Durante os próximos minutos, tirei um monte de fotos de nós dois juntos. O motorista estava nos olhando pelo espelho retrovisor como se fôssemos malucos.

Inclinei minha cabeça para a de Adam e abri um sorriso largo. Em algumas, mostramos a língua, agindo como patetas. Nós realmente parecíamos um casal feliz que estava junto há um tempo.

Adam cheirava tão incrivelmente bem. Ele estava usando algum tipo de almíscar masculino que fez meus hormônios se alegrarem. *Alegria ao Mundo*[1]! Descobri que não queria parar de posar para fotos

só para ter uma desculpa para cheirá-lo e estar perto dele.

Em um determinado ponto, ele passou o braço em volta de mim, e calafrios percorreram minha espinha quando senti o lado do seu corpo duro contra o meu.

Deus, Meredith. É patético que você esteja recorrendo a emoções baratas agora.

Limpando a garganta, eu relutantemente me afastei.

— Acho que temos o suficiente.

— Tem certeza? — Seus olhos permaneceram nos meus. O tempo pareceu parar, e tive a sensação de que talvez ele estivesse gostando do contato tanto quanto eu. Ou talvez fosse uma ilusão.

Por um momento, fiquei hipnotizada pelo reflexo das luzes da rua nos seus óculos enquanto ele continuava a me olhar. Talvez eu não estivesse imaginando a atração. Ele me chamou de linda, elogiou meu sorriso. Eu presumi que ele estivesse apenas sendo educado, mas talvez *houvesse* algo aí.

A ansiedade começou a crescer dentro de mim. Esta viagem terminaria em breve. E seguiríamos caminhos separados.

Eu o veria novamente?

---

1   Referência a *Joy to the World*, canção natalina de Mariah Carey. (N.E.)

CAPÍTULO 4

Percebi que ainda estava segurando seu telefone.

— Vou enviar algumas fotos para mim — avisei.

— Tudo bem — concordou, enquanto me observava salvar meu número em seus contatos. Mandei uma mensagem para mim mesma com todas as fotos que tiramos. Acho que foi uma ótima desculpa para ter certeza de que o deixei com meu número.

Depois de devolver o telefone a ele, perguntei:

— Você se importa se eu postar uma no Instagram?

Ele hesitou e disse:

— Vá em frente.

— Não vou marcar você nem nada. Não que eu saiba seu sobrenome.

— Bullock.

Bullock.

Adam Bullock.

Meredith Bullock.

Adam e Meredith Bullock.

Sr. e sra. Adam Bullock.

Os Bullocks.

Eu ri por dentro dos meus pensamentos ridículos, enquanto olhava para a nossa foto.

— Você quer que eu te marque?

Ele balançou sua cabeça.

— Não estou no Instagram.

— Você é muito legal para a rede social? — provoquei.

— Entrei lá uma vez para ver o porquê de tanto auê e, acidentalmente, curti a foto de alguém de cinco anos atrás. Percebi que isso me fazia parecer um idiota, então jurei nunca mais voltar lá.

Eu estava rachando de rir.

— Odeio quando isso acontece.

Depois de postar minha foto favorita de nós dois, uma em que o braço dele estava em volta de mim, apliquei o filtro Gingham e inseri as hashtags: #UmUberNoNatal #NovoAmigo #NãoOConheçoComoAdam #ClarkKent

— Deixe-me ver — pediu, pegando o telefone da minha mão. Ele olhou para a foto e revirou os olhos. — Clark Kent, hein?

— Você me lembra dele... no bom sentido.

— Por causa dos meus músculos?

Eu ri.

— Por causa dos seus óculos. Mas agora que você mencionou... seus músculos também. — Senti minhas bochechas esquentarem depois do elogio.

Adam começou a passar minhas outras fotos, a maioria das quais era de comida.

— Agora eu vejo para onde vai a maior parte do seu dinheiro. Você é uma *foodie*.

— Sim. Eu adoro tirar fotos elaboradas das minhas refeições em vários tipos de iluminação.

— Você é muito artística.

Eu não sabia se ele estava me zoando.

— Obrigada.

Quando ele me devolveu meu telefone, sua mão pousou na minha por alguns segundos.

Por mais que esperasse vê-lo novamente, eu honestamente não conseguia entendê-lo por completo. Ele aludiu ao fato de que escolheu permanecer solteiro depois de perder sua namorada para o câncer na faixa dos vinte anos. Isso significava que ele queria ficar solteiro para sempre?

Quantos anos ele tem, afinal?

— Quantos anos você tem?

— Trinta e um — respondeu ele. — E você?

— Vinte e oito. — Sorri. — Já era hora de eu colocar minha vida em ordem, certo?

— Que nada. Você está bem. Não precisa fazer nada diferente.

Dei de ombros.

— Eu dificilmente diria isso.

— Você é uma mulher inteligente e atraente que parou a vida para cuidar da avó doente. Está apenas se recuperando disso e do seu ex babaca que te enganou.

Mais uma vez, suas palavras acalmaram minha alma de alguma forma. Talvez eu precisasse seguir um pouco o conselho de Adam e tomar as rédeas do meu destino. Tive a vontade repentina de lhe perguntar se ele gostaria de sair em algum momento do Ano-Novo. Talvez ele fosse o tipo de cara que precisava de um sinal claro, especialmente se era fechado quando se tratava de mulheres.

Meu coração começou a bater mais rápido enquanto me preparava para fazer minha pergunta ousada.

Antes que as palavras tivessem a chance de escapar da minha boca, o carro derrapou no gelo, nos mandando para um amontoado de neve.

Desta vez, Adam veio caindo na minha direção. Senti sua grande mão no meu joelho.

— Você está bem? — ele indagou antes de removê-la prontamente.

Não, coloque-a de volta.

— Sim — respondi, enquanto meu coração batia forte com a adrenalina.

O carro não estava se movendo. Os pneus rodavam, mas não estávamos conseguindo tração. Agora estávamos presos na neve.

Merda! Eu chegaria atrasada na audiência.

O motorista finalmente disse:

— É melhor vocês irem. Acho que vou ficar aqui por um tempo. O tribunal fica a apenas alguns quarteirões daqui. Você pode andar.

Olhei a hora no meu telefone e me virei para Adam.

— Na verdade, estou atrasada. Eu tenho que ir. — Esperei um pouco que ele falasse alguma coisa, para lhe dar uma chance de tomar uma atitude, mas ele só olhou para mim.

Depois que saí do carro com relutância, percebi que ele também estava saindo e dando a volta para onde eu estava, na calçada.

— Vamos — disse ele.

Eu me animei.

— Você vem comigo?

— Sim. Eu também vou para o tribunal. Esse sempre foi o plano.

Não tinha percebido isso, embora fizesse sentido, já que ele era advogado.

— Ah, por algum motivo, não pensei que estávamos indo para o mesmo lugar.

Enquanto caminhávamos pela neve juntos, eu não me sentia mais corajosa para convidá-lo para sair. Aquele acidente com o carro aparentemente tirou minha coragem, ou talvez enfiou algum senso em mim.

Quando chegamos à entrada, tive que esperar em uma longa fila, enquanto Adam poderia passar direto pela porta exclusiva de advogados. Tive um último resquício de esperança de que talvez ele pedisse para me ver novamente, mas fiquei desapontada quando ele apenas me deu um aceno.

— Boa sorte hoje, Meredith. Faça o que fizer, apenas seja extremamente gentil com o advogado do demandante, e tenho certeza de que receberá o que precisa.

Sorri sem entusiasmo.

— Obrigada. Foi um prazer conhecê-lo, Clark Kent.

Ele passou pelos detectores de metal e gritou de volta para mim na fila:

— Você também, linda.

— Todos de pé. O Tribunal Civil da Cidade de Nova York está em sessão, presidido pelo Meritíssimo Juiz Daniel Ebenezer. Todos, por favor, permaneçam de pé até que o juiz entre e se sente.

Daniel Ebenezer[2]? *Sério?* Eu não conseguiria inventar essa merda nem se tentasse. Eu estava prestes a ser jogada na rua pelo *Scrooge* na véspera de Natal? Comecei a rir porque era muito absurdo. O oficial do tribunal me lançou um olhar de advertência, então consegui transformar minha risada em tosse até me acalmar.

Um juiz em uma túnica preta tomou seu assento e todos no tribunal

---

2   Referência a Ebenezer Scrooge, personagem principal de Um Conto de Natal, de Charles Dickens. O livro conta a história de um homem avarento que abomina o Natal. (N.E.)

seguiram seu exemplo. Ele colocou os óculos de leitura e enterrou o nariz em alguns papéis, depois olhou para o oficial do tribunal.

— Bem, o que você está esperando? Vamos começar. Chame o primeiro maldito caso.

Excelente. Simplesmente ótimo. Ele realmente *era* o Scrooge.

O oficial do tribunal pigarreou.

— Schmidt Real Estate Holdings vs. Eden. Arquivo número 1468944R.

Uau. Eu sou a primeira.

O nervosismo me tomou com força total quando me levantei e me aproximei do pequeno portão que separava as partes e os membros do judiciário do público. O oficial acenou para que eu entrasse e apontou para o lado direito da sala do tribunal, onde havia uma mesa vazia de aspecto solitário.

Um minuto depois, o pequeno portão barulhento abriu e fechou novamente, e um homem de terno caminhou até a mesa do outro lado da corte. Eu estava tão nervosa que nem olhei para checar meu adversário... até ouvir sua voz.

— Excelência. Adam Bullock representando a Schmidt Real Estate Holdings. Estivemos discutindo com a querelante e solicitamos um adiamento.

Minha cabeça virou rapidamente para Adam. *Adam* era meu inimigo? E o que ele estava fazendo ao solicitar um adiamento?

O juiz ajeitou os óculos no nariz e falou por cima deles.

— Este caso já foi adiado uma vez, doutor. Esta corte não é o seu playground. Por que isso não pode ser ouvido ou resolvido hoje?

Adam olhou para mim.

— Excelência, a srta. Eden forneceu algumas evidências de que ela pode fazer jus a direitos de sucessão. Gostaríamos de um pouco de tempo para confirmar essa evidência.

O juiz olhou para mim.

— Imagino que você concorde com este adiamento, srta. Eden.

Fiquei tão atordoada que mal conseguia falar.

— Humm. Sim. Sim, Excelência. Sim, eu estou. Isso seria ótimo.

O juiz rabiscou algo e falou sem erguer os olhos.

— Remarcado para terça-feira, 14 de fevereiro, e espero que seja resolvido nessa data. — Ele bateu o martelo e eu fiquei em estado de choque.

Eu não vou ser despejada?

Acabou?

Oh, meu Deus.

Minha boca estava aberta. Eu continuei lá e apenas olhei para o nada.

Adam se aproximou e estendeu um papel na minha direção. Sua voz era toda profissional.

— Você precisará preencher isto, srta. Eden.

Eu não sabia o que dizer, então apenas peguei o papel da sua mão.

— Oh. Ok. Obrigada.

Adam acenou para o oficial e, sem olhar para mim, ele se foi. No momento em que finalmente levantei meu queixo do chão, ele já estava passando pela porta da sala do tribunal para o saguão.

Peguei minha bolsa e balancei a cabeça em descrença. Fora da sala do tribunal, olhei em volta. Adam não estava à vista. Este foi o dia mais louco de todos. Esperei alguns minutos para ver se ele voltaria para falar comigo, mas ele não voltou. Então, finalmente, fui para o banheiro feminino e pensei em chamar um Uber assim que terminasse.

Mas, quando entrei, comecei a dobrar o papel na minha mão — o papel que eu tinha esquecido completamente que Adam me entregou — e percebi que havia algo escrito a caneta nele.

SEXY SCROOGE

Me encontre lá fora. Vou pegar o Uber.

Meu coração começou a bater forte. *Oh, meu Deus*. Esquecendo que precisava fazer xixi, corri para a porta da frente do tribunal. Em meio ao branco total da neve, vi Adam entrando em um sedan de luxo. Não me incomodei em perder tempo vestindo meu casaco ou o capuz. Eu só corri para ele — escorregando e deslizando todo o caminho, mal evitando cair duas vezes para chegar ao meio-fio.

Adam abriu a porta do carro com um sorriso gigante e riu.

— Entre aqui. Você vai acabar quebrando alguma coisa.

Eu estava sem fôlego e eufórica quando fechei a porta do carro.

— Não acredito que era você!

— Acho que existe algo como sorte, afinal.

— Eu... eu não tenho ideia de como te agradecer.

Ele piscou.

— Tudo bem. Eu tenho algumas ideias.

O carro diminuiu a velocidade até parar. Adam não me disse para onde estávamos indo, mas com certeza não era para o aeroporto ou de volta para o meu apartamento. Mas não me importei. Eu nunca queria sair desse Uber. Não só eu estava sentada ao lado de um cara gostoso que cheirava bem, como ele me salvou de ficar sem teto na véspera de Natal — e de Ebenezer Scrooge, entre todas as pessoas. Eu não tinha dúvidas de que o juiz teria me despejado se as coisas não tivessem acontecido da maneira como foram.

Adam abriu a porta e eu olhei para onde estávamos.

— Rockefeller Center?

— Você disse que amava a árvore. Achei que nossos voos

provavelmente estavam atrasados, de qualquer maneira. — Ele encolheu os ombros. — E se os perdermos... isso não seria uma coisa tão ruim, seria?

Sorri de orelha a orelha.

— Não, com certeza não seria.

Adam saiu do carro e estendeu a mão para me ajudar. Ele não a largou mesmo depois que o Uber começou a se afastar. Sua mão era quente e muito maior do que a minha pequena. Caminhamos lado a lado até a árvore. Eu realmente amava isso aqui. O Rockefeller Center no Natal era um lugar mágico, mesmo se eu não recebesse meu pedido de casamento.

Adam e eu ficamos olhando para a árvore. Ele olhou para mim e parou um casal que passava.

— Com licença. Você se importaria de tirar uma foto nossa na frente da árvore?

Ambos sorriram.

— Não, de jeito nenhum.

Adam mexeu em seu celular e o entregou à mulher.

— Você está pronta, linda?

Presumi que ele pretendia dar um grande sorriso para a câmera. Então fiz o mesmo.

Mas obviamente ele tinha outra coisa em mente — ele me tomou em seus braços.

— Meredith Apertadora-de-virilhas Eden, você roubou meu Uber, tirou fotos para que eu pudesse mentir para minha mãe e me fez cometer perjúrio perante um juiz hoje, mas eu não sorria tanto na véspera de Natal há anos. Você me daria a honra de colocar esta imagem no porta-retratos vazio da sua mesa?

Eu ri.

— Eu adoraria.

SEXY SCROOGE

Com um grande sorriso, Adam me inclinou para trás em um mergulho profundo e colou seus lábios nos meus.

Isso só mostra que, com um pouco de sorte, os contos de fadas podem se tornar realidade, apesar de Ebenezer Scrooge.

FIM

Feliz Natal e Boas Festas!

Muito amor,
Vi e Penelope

CAPÍTULO 1

Piper

Era um sábado preguiçoso no Upper West Side. O Natal em Nova York sempre foi minha época favorita do ano. Desde a agitação dos transeuntes com suas sacolas de compras, até as exuberantes guirlandas nas portas das casas geminadas do meu bairro, eu simplesmente amava cada pedacinho desta temporada. O ar estava tão frio hoje que parecia que ocorria uma verdadeira limpeza no meu organismo toda vez que eu respirava.

Eu tinha acabado de sair de um dos meus cafés favoritos, onde passei a tarde tomando um chocolate quente e olhando alguns catálogos para ter ideias para um apartamento que estava reformando.

Como designer de interiores, procurar decorações era uma das minhas coisas favoritas de fazer, mesmo no meu tempo livre, quando não estava trabalhando. Eu realmente nem considerava isso uma tarefa árdua.

Ao me aproximar do meu prédio, notei um homem sentado no chão bem na frente dele. De vez em quando, os sem-teto escolhiam um local do lado de fora do meu prédio, provavelmente pensando que era uma área agradável e segura. Infelizmente, com muita frequência, os moradores reclamavam, forçando aqueles pobres a se mudarem. Eu nunca tive problema com os sem-teto perto do prédio. Afinal, não estavam machucando alguém.

Em vez de me aproximar do homem, tive uma ideia. Voltando para direção de onde vim, fui para a minha delicatéssen favorita. Meu plano era comprar um bom almoço para o homem e dar-lhe algum dinheiro. Afinal, esse gesto estaria de acordo com minha decisão este ano de abrir mão de presentes de Natal para os meus amigos e familiares em favor de boas ações. Em vez de gastar dinheiro desnecessariamente em um lenço ou ingressos para shows da Broadway, eu ajudaria alguém em necessidade e deixaria cada amigo e membro da família saber exatamente o que fiz por alguém em sua homenagem. Então, quem seria o feliz destinatário da boa ação de hoje? Achei que ajudar aquele sem-teto, pagar um almoço para ele e dar-lhe dinheiro poderia ser o presente perfeito para minha tia Lorraine.

Quando chegou a minha vez na fila da delicatéssen, falei:

— Sanduíche de pastrami grande com pão de centeio, por favor.

Depois de fazer meu pedido, peguei uma garrafa de Coca da geladeira, um saco de creme azedo, chips de cebola e um cookie de chocolate grande do balcão que estava coberto com filme-plástico. Sem saber do que o homem gostava, basicamente pedi todos os meus pratos favoritos. Você não poderia errar com nada deste lugar.

Voltando para a calçada e me sentindo bem comigo mesma, retornei ao meu prédio. Eu também coloquei uma nota de cinquenta dólares na sacola de papel.

Felizmente, o homem ainda estava sentado no mesmo lugar no chão quando voltei. De longe, pude ver que ele estava vestindo uma camisa de flanela. Ou era uma jaqueta? Quando me aproximei, também notei jeans rasgados. Um boné de beisebol cobria seu rosto.

Agora, de pé bem na frente do homem, abaixei-me e limpei a garganta.

— Olá... meu nome é Piper. Eu, ãh, pensei que você pudesse estar com fome — eu disse, estendendo a sacola de papel para ele.

Ele não falou nada imediatamente enquanto erguia um pouco o boné para que pudesse ver meu rosto ao sol. Mesmo sendo um dia frio, o sol estava brilhando forte.

Acrescentei:

— Há também uma nota de cinquenta dólares dentro da sacola. Tudo que peço é que você não gaste com álcool.

Ele abriu a sacola e deu uma cheirada dentro, então falou:

— Então está tudo bem em gastá-lo com strippers?

Sem saber como responder, gaguejei:

— Ãh... eu preferia que não, mas se fizer seu Natal feliz, ok, eu suponho.

Ele tirou abruptamente o boné da cabeça. Foi quando notei seus olhos azuis marcantes, a cabeça cheia de cabelos cor de cobre lindamente desgrenhados e um rosto muito bonito.

Seus olhos fixaram-se nos meus quando ele reagiu.

— O que você está fumando, senhora?

Engoli em seco.

— O que você quer dizer?

— Você acha que eu sou um *sem-teto*?

Ah.

Não.

O quê?

Ele não é um sem-teto?

Na tentativa de me defender, eu me encolhi e falei:

— Por que mais você estaria sentado no chão do lado de fora deste prédio?

— Ah, eu não sei... talvez eu esteja trabalhando dentro de casa e saí para fumar? — Ele fez uma careta. — Ou várias outras opções.

Foi então que realmente parei para olhá-lo. Ele usava uma daquelas camisas de flanela pesadas que eram mais acolchoadas como uma jaqueta, as que eu sempre vejo os trabalhadores da construção civil usando. *É claro*. À distância, ele, de alguma forma, parecia que poderia ser um sem-teto, mas, de perto, parecia algo saído de um catálogo da L.L. Bean. Ele não era apenas bonito; ele era lindo. Ele tinha a quantidade perfeita de barba e mãos grandes que pareciam já ter experimentado trabalho duro. Ele parecia... sexy. Não um sem-teto. Nem um pouco sem-teto, *Piper, sua idiota.*

A cada segundo que passava, comecei a perceber que cometi um erro. Os rasgos em sua calça jeans eram intencionais, não resultado de desgaste esfarrapado. Ele estava limpo e não se parecia em nada com alguém que vivia nas ruas com acesso limitado a um chuveiro. Em vez de cheirar mal, ele cheirava muito bem, como colônia com um toque de cigarro.

— Claramente, cometi um erro. Mas você estava sentado no chão... eu só...

— Então, se alguém descansa no chão, é automaticamente sem-teto?

— Já tivemos moradores de rua acampando neste mesmo lugar antes, então parecia plausível.

Ele coçou o queixo.

— Deixe-me perguntar uma coisa, Piper... se uma prostituta anda pelas ruas de salto, curvando-se, falando com estranhos, isso significa que toda mulher que anda na calçada de salto, como você, que se abaixa e fala com estranhos é uma prostituta?

Ele está indiretamente me chamando de prostituta?

Obviamente, tentei fazer uma coisa boa. E estraguei tudo. Mas isso não era motivo para ele ser tão mau.

— Olha, me desculpe. Está na cara que isso foi um grande mal-entendido. Eu só estava tentando fazer algo bom para alguém.

— Para que você pudesse se sentir melhor consigo mesma...

Estreitei os olhos.

— Como é que é?

— Ao rotular alguém que você percebe como estando abaixo de você, você se sente melhor consigo mesma. Solidificando ainda mais a garota rica que você é.

Não, ele não fez isso.

Apesar do ar frio, minha temperatura corporal começou a subir.

— Para seu governo, trabalho muito para ganhar meu dinheiro. Não há uma única parte de mim que seja mimada ou ingrata.

— Talvez, então, você deva se informar primeiro antes de distribuir seu dinheiro para pessoas aleatórias na calçada. Mas isso não importava para você. Você não se importava para quem estava entregando, contanto que estivesse recebendo sua dose de hipocrisia.

Esse idiota estava me dando nos nervos.

— Eu não sei quem você é, ou o que está fazendo do lado de fora do meu prédio, mas...

— Finalmente... ela pergunta quem eu sou! — Ele se levantou. — Teria sido uma boa ideia *antes* de você me entregar cinquenta dólares e uma sacola de comida.

— Você sabe o quê? Estou meio que desejando agora que fosse um saco de *paus* em vez disso, porque é o que você merece... comer um saco de paus! — Eu bufei. — E estou farta desta conversa. Tenha um bom dia. Enfie o sanduíche no seu cu e use o dinheiro para comprar boas maneiras!

Levei horas para me acalmar depois daquele encontro irritante.

Mais tarde naquela noite, eu estava saindo com uma amiga quando parei ao ver algo aos meus pés do lado de fora da porta do meu apartamento.

Era um saco de papel. Após uma inspeção mais minuciosa, vi que parecia o mesmo saco de papel que eu dei para aquele cara mais cedo — porque tinha *Delicatéssen do Rick* na frente.

Hesitante, eu o peguei e abri.

Engasguei ao ver o que pareciam ser sete pênis de borracha de várias cores.

Que porra é essa?

E havia uma nota.

Após sua sugestão, fui em frente e comprei um saco de paus. Na realidade, tecnicamente, você disse que gostaria de ter me dado um saco de paus e que eu deveria comprar boas maneiras, mas eles não vendem boas maneiras na 8ª Avenida. Por sorte, eles vendem paus. Então, desejo concedido. Embora eu não consiga "comê-los", como você gentilmente sugeriu... (porque, você sabe, você é uma pessoa tão boa e generosa que se preocupa com seu próximo), imaginei que você poderia tirar mais proveito de uma sacola de paus do que eu. Feliz Natal e Boas Festas!

P.S. A comida e os cinquenta que você me deixou foram para um sem-teto *real*, de acordo com a sua intenção.

CAPÍTULO 2

Piper

Eu sorri olhando no espelho.

Já fazia muito tempo desde que olhei para o meu reflexo e vi alguém de quem gostava.

Este vestido de coquetel verde-esmeralda ficou no fundo do meu armário com as etiquetas por quase dois anos. Na semana passada, fui ao *Second Chances*, uma loja de consignação de revenda de luxo aqui na cidade, para vender a última das minhas bolsas de grife. Já que eles compram qualquer coisa de marca, eu trouxe algumas das minhas roupas de grife levemente gastas e também este vestido chique nunca usado. Não conseguia me lembrar quanto Warren pagou por ele, mas nem olhei para as etiquetas de preço naquela época, nem mesmo na Barneys, onde o havíamos comprado. Mas, quando a loja de consignação me ofereceu incríveis trinta dólares por um Valentino de edição limitada, decidi ficar com ele. Eu poderia usá-lo uma vez e vendê-lo no eBay por dez vezes o que eles estavam dispostos a pagar. Este vestido não estava saindo das minhas mãos por menos de algumas centenas de dólares, mesmo que eu pudesse usar o dinheiro para pagar o aluguel do próximo mês.

Esta noite, eu iria para a festa anual de Natal da minha amiga, Avril. Eu estava ansiosa por isso há semanas. Como estava falida, não conseguia ver meus amigos com muita frequência. Meus dias pagando dezoito dólares por uma taça de vinho em um bar de Manhattan acabaram. Avril, sem dúvida, pediria champanhe de trezentos dólares a garrafa e caviar Beluga, e eu honestamente ansiava por um pouco de indulgência.

Passei um batom vermelho-sangue e peguei um poncho de lã do armário. Mas então, pensando bem, troquei o poncho bonito por uma parca pesada. Estava congelando e, como eu não ia pagar um Uber, provavelmente ficaria parada no ponto de ônibus por um tempo. E me lembrei que... quando eu costumava dizer às pessoas o quão feliz eu estava desde que comecei a me livrar dos "extras" da minha vida, não estava me referindo ao Uber. Sentia falta do Uber com todo o meu ser.

Peguei o elevador até o saguão e desci, pronta para enfrentar Manhattan.

— *Fiu, fiu.* — Um assobio atrás de mim me fez virar a cabeça, e encontrei meu vizinho idoso sentado em sua cadeira de rodas.

— Sr. Hanks? O que você está fazendo aqui embaixo? — Minhas sobrancelhas se juntaram. — E de pijama?

— Esperando por garotas bonitas. Acho que posso voltar agora.

Eu ri.

— Bem, obrigada. Estou indo para uma festa de Natal. Você precisa de ajuda antes de eu ir?

— Nah. Pode ir e tenha uma boa noite.

— Você também, sr. Hanks.

Atravessei o saguão e saí pela porta. Meu telefone vibrou quando fui envolvida pelo ar frio, então parei para retirá-lo do bolso do casaco e tirei as luvas para enviar uma mensagem.

> Avril: Por que você ainda não está aqui?

> Piper: Hummm... porque são apenas sete horas.

> Avril: A festa começa às sete.

> **Piper:** Sim, mas quem chega na hora certa?

> **Avril:** Finn Parker... ele chega.

Eita, uau. Eu nem tinha imaginado que ele estaria lá. Eu conheci Finn no ano passado, e nos demos muito bem. Ele me deu seu número, embora eu nunca tenha ligado. Foi apenas alguns dias antes da minha cirurgia, e eu não estava mentalmente bem depois que saí do hospital... com certeza não estava pronta para me jogar em qualquer coisa nova — não importa quão maravilhosas fossem suas covinhas. Além disso, eu tinha acabado de terminar com Warren, e namorar era a última coisa na minha lista de afazeres. Embora, agora... tenha sido um *longo ano* de celibato. Eu digitei de volta.

> **Piper:** Estou a caminho!

> **Avril:** Depressa. Ele disse que só pode ficar por uma ou duas horas.

Enquanto calçava minhas luvas de volta, me virei para olhar para o saguão. O sr. Hanks ainda estava sentado em sua cadeira de rodas. Olhei para o meu telefone novamente, então para o homem idoso no saguão, então meu telefone. Suspirando, coloquei o celular no bolso e abri a porta para voltar para dentro.

— Sr. Hanks. Está tudo bem?

Ele deu um sorriso que não foi muito genuíno.

— Claro. Está tudo bem.

Percebi uma espécie de pau a poucos metros da sua cadeira.

Estreitando os olhos, eu perguntei.

— Você... largou aquele pedaço de pau ali?

O sr. Hanks franziu a testa.

— Ah, sim. Acho que sim.

Eu a peguei e entreguei a ele. Há dois meses, o sr. Hanks sofreu um grave derrame. Isso o deixou com dificuldade de movimentar os braços e uma perna fraca. Achei que o pau poderia ser a única maneira de ele alcançar o botão do elevador. Eu estava tão preocupada em chegar à festa que nem parei para pensar que talvez ele não estivesse optando por se sentar no saguão com a correspondência no colo. Deus, eu fui uma idiota... deixando um amável vizinho de pijama no saguão para correr para uma festa.

Apertei o botão na parede.

— Na verdade, esqueci uma coisa, então vou voltar para o nosso andar — menti. — Por que não subimos juntos?

O elevador chegou e eu fiquei atrás da cadeira de rodas elétrica do sr. Hanks e empurrei, embora houvesse um pequeno controle remoto no braço dela que ele poderia usar.

— Então, o que você vai fazer nas festas deste fim de ano? Algum grande plano?

— Meu filho quer que eu vá para a casa dele. Ele diz que cozinha, mas aposto que ele tira os adesivos das bandejas de comida antes de eu chegar lá, então não saberei que ele encomendou a ceia. Minha esposa, Mary Jean, sempre preparava uma refeição farta nos feriados... peixe na véspera de Natal e presunto e lasanha no dia de Natal. Ela tentou ensinar o garoto a cozinhar, mas ele sempre estava muito ocupado conquistando o mundo enquanto crescia. Mason é um bom garoto, não me entenda mal, mas ele trabalha demais.

Eu fiz uma careta.

— Minha mãe fazia lasanha também. E pão fresco e torta de abóbora.

Algumas crianças adoravam acordar na manhã de Natal para ver o que o Papai Noel trouxe. Eu adorava acordar em uma casa que cheirava a torta.

As portas do elevador apitaram ao chegarmos ao nosso andar, então empurrei a cadeira de rodas até o apartamento do sr. Hanks. Morávamos em lados opostos do elevador. Quando cheguei à sua porta, ela já estava aberta.

— Você a deixou assim?

— Sim. Posso empurrá-la com o pé, mas colocar a chave ainda pode ser um pouco complicado.

— Ah. Sim. Eu imagino.

Levei o sr. Hanks para dentro e parei na porta da cozinha. A sala estava uma bagunça. Parecia que ladrões haviam saqueado o lugar. Duas latas estavam no chão, junto com alguns utensílios, um rolo de fita adesiva, biscoitos e um galão de leite, que havia derramado, formando uma poça branca gigante no chão. E a água da pia da cozinha estava escorrendo. Então fechei a torneira. Olhando ao redor para a bagunça novamente, eu fiz uma careta para as duas latas de sopa no chão.

— Sr. Hanks, você... jantou esta noite?

— Sim, claro. Está só um pouco bagunçado. Ignore isso aqui. O cuidador que meu filho paga para ficar aqui o dia todo preparou o jantar antes de ir embora. Estou apenas aproveitando a vida de solteiro.

Algo me dizia que ele estava mentindo.

— O que você comeu no jantar?

— Sopa.

Abaixei-me e peguei o galão de leite vazio e, em seguida, fui até o lixo. Pressionando o pedal com o pé para abrir a tampa, dei uma olhada dentro antes de jogar o galão dentro. *Não havia nenhuma lata de sopa.* O sr. Hanks era um homem orgulhoso. Alguém que prefere sentar-se no saguão frio a me pedir para pegar uma vareta para que ele pudesse alcançar o botão do elevador.

— Mmm. Eu não tomo sopa há muito tempo. Você... se importaria se eu tomasse um pouco?

Ele semicerrou os olhos para mim, mas sorriu, e pareceu esquecer suas suspeitas.

— Claro que não. Sirva-se, menina.

Fiquei atrás da sua cadeira de rodas e o levei para a sala de estar.

Pegando o controle remoto, que também estava no chão, coloquei em sua mão.

— Relaxe, enquanto eu vejo quais são minhas opções de sopa, se você não se importa.

Ele assentiu.

— Fique à vontade.

De volta à cozinha, tirei o casaco, peguei os utensílios do chão e limpei o leite derramado. Quando terminei, peguei um pote e gritei para o sr. Hanks:

— Não consigo decidir entre frango com massa cozida e carne com cevada. Ambos parecem tão bons. O que você recomenda?

Ele gritou de volta:

— A carne com cevada é praticamente só cevada, quase nada de carne, na minha opinião.

Frango com massa, então.

Enquanto esquentava duas latas de sopa, terminei de arrumar as coisas na cozinha e coloquei a mesa para dois na sala de jantar. Passei manteiga em um pão branco, como minha mãe costumava fazer sempre que servia sopa para mim, e voltei para a cadeira de rodas dele.

— Espero que não se importe em se juntar a mim. Odeio comer sozinha.

— Não. Claro.

Eu o coloquei na mesa e então observei enquanto ele se esforçava. Sua mão tremia tanto que a sopa respingava para fora da colher antes que ele pudesse levá-la à boca.

— Estaria tudo bem se... eu te ajudasse com isso?

Seus ombros caíram, mas ele balançou a cabeça.

Conversamos enquanto eu o alimentava.

— Faz um tempo que não vejo aquele seu namorado por aí.

— Warren? Nós terminamos há cerca de nove meses.

— Foi você que terminou?

Concordei.

— Sim, foi.

— Boa. Os sapatos dele eram muito brilhantes.

Eu ri.

— E usar sapatos brilhantes é uma coisa ruim?

— Não me entenda mal. Eu gostava de limpar para minha Mary Jean de vez em quando, e isso significava polir até que pudesse ver meu rosto feio na ponta. Mas os sapatos daquele seu namorado brilhavam todos os dias. Não é normal para um homem não ter alguns arranhões de vez em quando.

Warren realmente se importava muito com sua aparência. Eu nunca tinha percebido, mas acho que era assim desde o topo do seu cabelo impecavelmente penteado até o brilho dos seus sapatos. Eu sorri.

— Ele também usava mais produtos para o cabelo do que eu.

O sr. Hanks balançou a cabeça.

— Esses homens de hoje são moles demais. Foi por isso que você largou o Sapatos Brilhantes? Ele demorou mais do que você para ficar todo embonecado?

Pensei em inventar algo, como fiz com quase todo mundo que

perguntou o que aconteceu com meu relacionamento de quatro anos, mas decidi ser honesta.

— Passei por um momento difícil, e ele não ficou realmente ao meu lado. Então eu lhe disse que precisava de um tempo para lidar com algumas coisas pessoais que estava passando. Durante o último ano do nosso relacionamento, suspeitei que ele pudesse estar tendo um caso com sua assistente. Duas semanas depois de eu pedir um tempo, encontrei-o por acaso na rua. Ele estava de mãos dadas com sua assistente. Não preciso dizer que nosso tempo se transformou em um término permanente.

O sr. Hanks me olhou de forma engraçada.

— Você suspeitou que ele estava te traindo por *um ano* e nunca disse nada?

Suspirei.

— Sim. É engraçado, porque, depois que acabou, eu me perguntei por que nunca o questionei. Acho que a verdade era que eu realmente não queria a resposta porque, no fundo, eu já sabia. Para ser honesta, nenhum de nós amou o outro o suficiente para passar quatro anos juntos.

— Então, por que não o chutou antes?

Coloquei o último pedaço de macarrão da sopa na boca do sr. Hanks e suspirei.

— Acho que eu simplesmente tinha elegido errado minhas prioridades. Warren vem de uma boa família. Ele é bem-educado e foi muito generoso comigo. Minha vida com ele teria sido apenas... fácil.

— Minha esposa tinha um ditado: *o que vem fácil não dura.*

Eu sorri.

— Sua esposa parecia uma mulher inteligente. — O sr. Hanks nem percebeu que tomou a sua sopa e a minha. Fiquei parada com os pratos vazios na mão e pisquei. — E algo me diz que ela estava falando sobre *você* quando repetia esse ditado.

Acabei ficando com o sr. Hanks por mais três horas. Ele me contou várias histórias sobre *sua* Mary Jean. Claramente ela tinha sido o amor da vida dele, e os cinco anos desde sua morte não diminuíram o quanto ele sentia sua falta. Avril lotou meu celular de mensagens de texto perguntando onde eu estava, e não ficou feliz quando respondi, horas depois, que decidi não ir porque fiquei com dor de cabeça. Mas era mais fácil contar uma mentirinha do que explicar que estava gostando mais de ficar com meu vizinho de oitenta anos do que pensei que gostaria da sua festa.

Quando o sr. Hanks bocejou, interpretei como um sinal de que era hora de ir e peguei meu casaco.

— Quer que eu te leve para o quarto?

Ele balançou sua cabeça.

— Estou um pouco enferrujado, mas, se está tentando dar em cima de mim, acho que você é um pouco jovem.

Eu ri.

— Tem certeza de que está bem?

— Tenho. — Ele sorriu. — Estou bem, querida. E obrigado por esta noite. Principalmente pela sopa.

Acabei checando o sr. Hanks pelo menos uma vez por dia depois disso e nos tornamos bons amigos rapidamente.

Agora era véspera de Natal. Planejei ir vê-lo com uma torta que fiz de uma das receitas antigas da minha mãe. Eu sairia com ele um pouco e depois iria para uma festa de família em New Jersey.

Com a torta de abóbora na mão, bati na porta do sr. Hanks. Esperando que ele provavelmente estivesse vindo na cadeira de rodas para me cumprimentar do outro lado, eu tinha um grande sorriso no rosto em antecipação à reação que ele teria quando me visse aqui com esta torta que cheirava deliciosamente bem.

Mas, quando a porta se abriu, não foi o sr. Hanks quem respondeu. Foi... *ele*.

Ele!

O lindo homem sem-teto que me deu o saco de paus. Exceto que esta noite ele não estava vestido com uma camisa de flanela e jeans rasgados. Ele usava uma camisa azul justa e calça preta. E tinha um cheiro almiscarado que parecia o paraíso também.

Ele sorriu maliciosamente.

— Você...

— Você — eu repeti, então olhei além dos seus ombros largos. — Onde está o sr. Hanks?

— Ele está no banheiro.

— O que você está fazendo aqui? — perguntei.

Antes que o cara pudesse me responder, fomos interrompidos pelo sr. Hanks vindo em nossa direção.

Ele sorriu.

— Vejo que você conheceu meu filho, Mason!

CAPÍTULO 3

Mason

Eu ainda não tinha ideia do que ela estava fazendo no apartamento do meu pai com uma torta. *Será que eles se conhecem?*

— Esta é minha boa amiga, Piper — disse ele.

— Boa amiga? Você nunca a mencionou para mim.

— Claro que sim! É ela que vem e toma sopa comigo.

Assenti.

— Ah, tudo bem. Você nunca disse o nome dela.

Papai sorriu.

— Você não esperava que ela fosse tão bonita? Seu velho pode sair com as melhores, sabe?

Piper corou e colocou a torta no balcão. Ela estava absolutamente linda em um vestido cor de canela. Piper parecia ainda mais bonita do que das várias vezes que fantasiei com ela desde que a vi da primeira vez. Cada fantasia terminava conosco fodendo com raiva. Nunca pensei que realmente a veria de novo. Eu sabia que ela morava aqui, mas geralmente os moradores se mantinham na sua.

Meu pai foi até o balcão.

— Você trouxe a torta de abóbora da sua mãe.

— Você lembrou. — Ela sorriu. — É ela mesma.

Ele esfregou a barriga.

— Mal posso esperar para experimentar.

Era como se meu pai idoso tivesse vivido uma vida dupla, que incluía sair com mulheres gostosas que traziam comida para ele. *E aqui estava eu, me sentindo mal por ele quase todos os dias.*

Ela me lançou um olhar provocador.

— Mason e eu já nos conhecemos antes, sr. Hanks.

Merda. Aqui vamos nós.

Papai se virou para mim.

— Não brinca. Quando?

Meu corpo ficou rígido e eu não disse nada enquanto me preparava para a explicação dela. Esperava que ela não me fodesse e dissesse ao meu pai como eu agi como um idiota naquele dia.

— Sim. Ele estava do lado de fora do prédio uma tarde. Nós começamos a conversar, não foi, Mason?

— Sim, foi sim. — Eu sorri. — Na verdade, Piper compartilhou seu almoço comigo. Foi assim que aconteceu mesmo?

— Algo assim. Você foi extremamente charmoso, pelo que me lembro.

— Eu me lembro de você ser *charmosa* também — provoquei.

Ela se virou para o meu pai.

— E para me agradecer por dividir o almoço com ele, seu filho me deixou um belo presente de agradecimento na porta do meu apartamento mais tarde naquele dia, o qual, a propósito, eu já usei pra caramba. — Piper piscou.

Puta. Merda.

Ela não acabou de dizer isso.

Minha calça, de repente, parecia mais apertada.

Eu limpei minha garganta.

— Bom saber. Achei que você poderia precisar de algo assim. Você parecia um pouco tensa.

— Na verdade, eu estava mesmo naquele dia. — Ela olhou para o meu pai. — Você criou um filho incrivelmente educado e atencioso, sr. Hanks. Deve estar muito orgulhoso.

Meu pai deu uma risadinha.

— Bem, estou surpreso. E eu aqui pensando que ele tinha sido um pé no saco.

Piper caiu na gargalhada e eu segui o exemplo. Seus olhos brilharam com malícia. Eu estava grato por ela não ter me delatado. Sinceramente, eu me arrependi da minha reação instintiva naquele dia. O pequeno presente que deixei para ela foi a minha tentativa de um pedido de desculpas, embora possa não ter soado assim. Fiquei feliz que ela estivesse brincando sobre isso.

— Você vai passar a véspera de Natal aqui com seu pai? — ela perguntou.

— Sim. Somos apenas nós dois, e ele se recusa a ir para a minha casa. Então, eu trouxe um pouco de comida do Bianco's. Você conhece esse restaurante?

Ela assentiu.

— Excelente comida italiana.

— Está no forno. Só preciso aquecer.

— Você vai ficar e comer algo, Piper? — meu pai indagou.

Piper parecia hesitante.

— Provavelmente não deveria. Devo comer com minha família em Jersey.

A expressão de decepção no rosto do meu pai era óbvia. Ela notou e eu também. Então Piper imediatamente mudou seu tom.

— Mas, sabe... — ela disse. — O Bianco's é realmente bom demais para deixar passar. Meu estômago está roncando. Então, talvez eu possa comer um aperitivo com vocês.

— Isso seria maravilhoso. E então fique para comer um pedaço da torta da sua mãe antes de pegar a estrada.

Papai mexeu no controle no braço da cadeira e manobrou até a mesa.

Ela o seguiu e se virou para me lançar um sorriso. Eu sorri de volta.

Tanto para um jantar sem intercorrências...

Ter Piper aqui me deixou tenso e animado ao mesmo tempo. Era uma mistura estranha. Eu ainda estava muito perplexo por ela ser a mesma amiga que papai tinha divagado nos últimos dias. O fato de lhe fazer companhia me fez perceber que ela realmente era uma pessoa boa. Não tinha sido uma farsa.

Durante o jantar, Piper e eu trocamos olhares furtivos. Eu sabia que provavelmente havia muito que ela queria me dizer, mas que não poderia na frente do meu pai. Talvez algumas dessas coisas contivessem palavrões.

Piper mastigou sua lasanha de frutos do mar e perguntou:

— Então, no que você trabalha, Mason?

Tomei um gole do meu vinho para refletir sobre como eu queria responder a isso e finalmente disse:

— Sou empresário.

Meu pai estava prestes a abrir sua boca grande quando eu desviei a conversa antes que ele pudesse começar a contar a ela mais sobre mim.

Estalando os dedos, falei:

— Ei, pai. Você contou a Piper sobre a sua cirurgia?

Um olhar de preocupação cruzou seu rosto.

— Que cirurgia?

Meu pai minimizou isso.

— Não é grande coisa. Só vou finalmente substituir meu quadril. Preciso disso há muito tempo, e estou preso nesta cadeira até minha perna ficar mais forte, de qualquer maneira.

— Oh, uau. Quando vai ser?

— No próximo mês.

Parti um pedaço de pão.

— Eu tenho tentado convencê-lo a me deixar levá-lo para morar comigo por um tempo, mas ele não aceita.

— Sinto-me mais confortável no meu apartamento. É simples e sei onde está tudo.

Ela suspirou.

— Bem, dependendo de como você se sentir, sr. Hanks, pode ser melhor ficar onde seu filho pode cuidar de você durante a noite por um tempo.

Meus olhos encontraram os dela quando eu disse:

— Obrigado. Eu concordo.

Bem, isso era uma vitória. De alguma forma, desviei o assunto do meu trabalho e consegui que Piper ficasse do meu lado quando se tratava da situação pós-operatória do meu pai.

Depois do jantar, servi mais vinho para nós enquanto devorávamos a torta de abóbora que Piper trouxera. Como era de se esperar depois de qualquer quantidade de álcool, meu pai literalmente desmaiou na cadeira. Sua cabeça se inclinou para trás e ele começou a roncar.

— Ele está bem? — ela perguntou.

— Você ouviu isso, certo? Ele está mais do que respirando. Ele está bem. É o que ele faz quando consome a mínima quantidade de álcool.

— Ok. Bem, você saberia.

Levei seu prato de torta vazio até o balcão.

— Posso cortar outra fatia para você?

Ela negou erguendo a mão.

— Não. Estou cheia. Obrigada.

— A torta estava deliciosa. Agradeça à sua mãe pela receita.

Piper parecia um pouco triste.

— Oh... eu gostaria de poder. Minha mãe já morreu.

Excelente. Boa mesmo, Mason.

— Sinto muito. Eu me sinto um idiota agora.

— Bem, ser um idiota é a sua cara, não? — Ela piscou.

Exalei e a encarei em silêncio por alguns momentos.

— Eu provavelmente mereço isso. — Voltando para a mesa, puxei minha cadeira e me sentei. — Há quanto tempo sua mãe se foi?

— Ela morreu há dez anos de câncer no útero.

— Eu sinto muito.

— Como resultado, sempre fui mais cuidadosa com minha saúde. Um ano atrás, fui diagnosticada com um estágio inicial do mesmo tipo de câncer. — Ela engoliu em seco. — Como foi detectado precocemente, consegui me curar. Mas, infelizmente, isso significa que não posso ter filhos.

Sua admissão me deixou sem fôlego. Era algo muito pesado para contar a uma pessoa praticamente estranha. E eu me senti péssimo por ela ter passado por isso. Mas a admirava por ser tão franca. *O que eu posso dizer?*

— Estou feliz em saber que você vai ficar bem.

— Quando você passa por um susto de saúde como esse, muda toda a sua perspectiva. Pelo menos para mim, mudou. É por isso que tento fazer o bem pelas pessoas, e também mudei de um trabalho em uma grande empresa para o de design de interiores, que é a minha paixão. Ainda estou tentando conquistar meu espaço nessa área... mas estou chegando lá. Então, muita coisa boa veio do meu diagnóstico também.

Senti como se um milhão de palavras não ditas estivessem me sufocando. Eu realmente precisava explicar, de alguma forma, as minhas ações naquele primeiro dia. Eu queria resolver isso desde o momento em que ela entrou pela porta, mas não houve um momento apropriado até agora. Para não mencionar que ela tinha acabado de se abrir comigo de uma maneira muito significativa. Eu poderia fazer o mesmo.

— Piper... eu preciso me desculpar com você pelo meu comportamento naquele dia. Eu honestamente não sei o que deu em mim.

— Você não precisa...

— Não. Preciso. Me ouça.

Ela assentiu e me deixou falar.

— Estive visitando meu pai, tentando fazer com que sua pia parasse de vazar, porque odeio contratar qualquer pessoa para algo que posso resolver sozinho. Não é pelo dinheiro. É assim que sempre fui. Eu tinha acabado de receber uma má notícia sobre um problema relacionado ao trabalho e saí para tomar fôlego e fumar um cigarro. Eu não deveria ter fumado, porque tinha parado. — Continuei: — De qualquer forma, quando você se aproximou de mim, eu não estava no meu juízo perfeito. Imediatamente coloquei um rótulo em você que nem mesmo era correto. Quando você presumiu que eu era um sem-teto, naquele momento, foi como se eu tivesse voltado no tempo por um segundo. Você se transformou em cada criança rica e arrogante na escola que já me provocou quando eu era pequeno por ir com roupas rasgadas. Eu vim da pobreza, e acho que uma parte minha ainda deve se sentir autoconsciente da percepção que as pessoas têm de mim. Não importa se você se tornou um sucesso por seu próprio esforço, essa merda continua com você. E, infelizmente, Piper, você foi pega pela minha reação automática. Sinto muito.

Ela sorriu.

— Então... depois que você percebeu que estava errado, como

comprar para mim um saco de consolos se tornou o próximo passo lógico?

— Boa pergunta. Acredite ou não, esta foi a minha tentativa de um pedido de desculpas.

Ela inclinou a cabeça para trás, rindo.

— Ah, eu não sei... será que dizer "me desculpe pela reação exagerada" não poderia ter funcionado tão bem quanto?

— Não teria sido tão divertido de executar. — Eu ri. — Foi minha mãe quem me ensinou que o humor era a cura para a maioria das coisas. Essa foi minha tentativa de homenageá-la.

— Com um saco de paus...

Dei de ombros.

— Eu supus que sim.

Ela soltou um suspiro profundo.

— Bem, desculpas aceitas.

Meus olhos ficaram fixos no seu sorriso. Ela tinha um sorriso lindo, tão reconfortante. Não me admira que papai goste tanto dela.

— Obrigado por fazer companhia ao meu pai. Não posso ficar aqui o tempo todo. É bom saber que ele tem boas pessoas ao redor cuidando dele.

— Honestamente, seu pai me deu muitos conselhos práticos. Tenho a mesma sorte de tê-lo.

— Ah, é? Que tipo de conselho o velhote te deu?

— Apenas sobre a vida... homens...

Eu gargalhei.

— Você está ouvindo conselhos sobre namoro de um homem de oitenta anos?

— Ele é muito sábio. Recentemente, terminei um relacionamento longo que não era certo para mim. Seu pai apontou algo que eu nem tinha notado, que os sapatos de Warren eram sempre perfeitamente brilhantes.

— Qual foi o significado disso? — perguntei.

— Em retrospecto, havia muita coisa sobre esse relacionamento que não era boa para mim. Se eu tivesse notado os sapatos brilhantes antes, talvez tivesse me alertado para o fato de que Warren era muito egocêntrico, materialista e não teria sido a pessoa certa para mim. Seu pai é muito perspicaz. Ele também compartilhou muitas histórias sobre o relacionamento dele com sua mãe. Coisas realmente preciosas.

Isso me fez sorrir. Pensar no amor dos meus pais um pelo outro sempre foi assim. Era raro, e eu honestamente desisti de encontrar isso nesta vida.

Eu queria saber mais sobre Piper.

— Então, você disse que é designer de interiores... mas essa não foi sempre sua carreira?

— Não, eu era analista de negócios. Me formei em Administração. Mas depois do meu susto com a saúde, decidi que era hora de fazer algo que eu amava. Então fiz faculdade de Design de Interiores à noite e investi todo o meu dinheiro em um novo negócio. Acabei deixando minha antiga carreira. Tenho alguns clientes de design que me mantêm no ramo, mas ainda estou crescendo.

— Bom para você. Poucas pessoas têm coragem de pegar o touro pelos chifres assim.

Ela inclinou a cabeça.

— O que exatamente você faz?

Errr.

— Eu... trabalho no mercado imobiliário.

Eu não tinha certeza de por que continuava a sentir necessidade de ser vago. Acho que, como estávamos nos dando tão bem, não queria que ela desenvolvesse quaisquer noções preconcebidas sobre mim. A maneira como nos conhecemos já era ruim o suficiente. Ela esperou um pouco que eu elaborasse, mas, quando não o fiz, ela apenas disse:

— Entendo.

Meu pai, de repente, pulou na cadeira, acordando.

— Bem, olhe só quem ainda está vivo! — brinquei.

Ele piscou várias vezes

— Quanto tempo eu estive fora desta vez?

— Cerca de meia hora.

— Piper ainda está aqui?

— Estou bem aqui, sr. H. — Ela sorriu.

Ele finalmente se virou e a viu.

— Meu filho ainda não assustou você, hein?

— Não. Na verdade, estamos tendo uma conversa muito boa. — Ela olhou para o relógio. — Mas, agora, eu devo ir. Minha família vai se perguntar onde estou.

Coloquei as mãos nos bolsos, desejando ter dito a ela para ficar. Mas era véspera de Natal e ela precisava estar com sua família.

— Diga-lhes que enviei meus cumprimentos — pediu ele.

Ela se abaixou e o abraçou antes que ele fosse para o banheiro.

Acompanhei Piper até a porta e um silêncio constrangedor se seguiu enquanto ela permanecia do lado de fora.

— Obrigada pelo jantar — disse ela.

— Obrigado por, ah, não sei, vamos ver. Obrigado por não me delatar como um idiota condescendente com meu pai. Obrigado por cuidar do velho nos últimos dias… e também por um boa conversa e uma torta boa pra caramba.

Ela se inclinou.

— Posso te contar um segredo?

— Sim.

Sua respiração roçou minha bochecha quando ela falou.

— Eu ainda acho que você é um idiota.

Balançando minha cabeça, eu ri.

— Você não é nada além de honesta, Piper. — Ergui minha sobrancelha. — E provavelmente está certa.

Ela não disse mais nada antes de ir embora. Sua bunda balançou enquanto ela caminhava pelo corredor. Droga, assistir àquilo era o melhor presente de Natal que eu poderia ter pedido.

CAPÍTULO 4

Piper

Eu esperava que não fosse muito cedo.

Bati de leve, apenas no caso do sr. Hanks ainda estar dormindo. Estava prestes a me afastar quando ouvi o zumbido baixo que sua cadeira elétrica fazia quando se movia.

A porta se abriu.

— Feliz Natal, sr. H... oh... cara... o que aconteceu? — O rosto do sr. Hanks tinha meia dúzia de papel higiênico colados nele.

— Me barbear é uma merda ainda. Mas Feliz Natal, querida.

Seu pescoço ainda tinha barba por fazer e ele havia perdido algumas partes do rosto.

— Obrigada. Posso entrar?

Ele puxou o controle no braço da cadeira de rodas, que recuou.

— Claro. Eu ia ver você antes de sair pelo resto do dia.

Fechando a porta atrás de mim, eu disse:

— A que horas seu filho vem buscá-lo hoje?

— Ao meio-dia. Achei que deveria começar cedo porque as coisas demoram um pouco mais hoje em dia.

Eu sorri.

— Posso ajudá-lo a se preparar?

— Está dando em cima de mim de novo? Primeiro, você tenta *me ajudar* a ir para a cama. Agora, quer *me ajudar* a me vestir? Eu te disse, sou muito velho para você. — Ele piscou.

Eu ri.

— Eu quis dizer ajudá-lo a se barbear.

— Barbear o rosto de um homem é uma arte. Minhas mãos são trêmulas, mas pode ser melhor do que você pensar que meu pescoço é como as suas pernas.

— Na verdade, eu costumava fazer a barba do meu avô. Ele tinha Alzheimer e, no final, não saía da cama. Ele também não falava muito. Então era isso que eu fazia quando o visitava toda semana. Eu fazia a barba dele e contava tudo sobre o meu dia. Isso me fez sentir útil e foi melhor do que apenas olhar para ele como a maioria das pessoas que iam fazer uma visita.

O sr. Hanks encolheu os ombros.

— Está bem, então. Vou aceitar a oferta. Se Mason vir um corte no meu pescoço por fazer a barba, colocará um cuidador aqui o dia inteiro, em vez de apenas as oito horas por dia que ele contratou e já me irrita.

Eu ri e levei o sr. Hanks pelo corredor até o banheiro.

— Seu filho é protetor com você. Tenho que admitir, ele é muito diferente da pessoa que eu originalmente pensei que ele era.

— Sim. Mason... bem... ele pode ser um pouco babaca. Mas ele já mudou muito. Quando minha esposa e eu o trouxemos para casa, ele foi suspenso da escola três vezes no primeiro ano... e ele estava apenas na quarta série.

— Trouxe-o para casa?

— Sim, Mason é adotado. Pensei que tinha mencionado.

Isso era algo que eu com certeza me lembraria.

— Não, acho que não.

— Minha esposa e eu não podíamos ter filhos. Mason tinha nove anos quando o adotamos. Ele estava constantemente se metendo em problemas por perturbar nas aulas. No meio do ano, descobrimos o porquê. Ele estava na quarta série, mas poderia fazer a tarefa de Matemática de um aluno do último ano do ensino médio. O garoto era um gênio e a assistência social não tinha ideia.

— Oh, uau. — Peguei o creme de barbear do armário de remédios e coloquei um pouco nas mãos antes de ensaboar e esfregar no pescoço do sr. Hanks e nos lugares em que ele se machucou. — Que louco.

— Ele vivia nas ruas, então não ia à escola regularmente para que alguém o conhecesse.

Congelei com as mãos no pescoço do sr. Hanks.

— Ele era... sem-teto.

— Sim. Isso deu a ele uma vantagem dura. Mas, por baixo de toda aquela armadura, há um coração de ouro. Acredite em mim, ele era o tesouro da minha esposa e fazia tudo por ela.

Deus, eu me sentia uma completa idiota agora. Não admira que ele tenha ficado tão chateado quando eu o confundi com um sem-teto.

Terminei de barbear o sr. Hanks e o levei de volta para a sala de estar. Eu sabia que estava ficando tarde e tinha que ir, então peguei o envelope que vim entregar a ele.

— Feliz Natal, sr. Hanks. Vou explicar assim que você abrir.

— Eu também tenho uma coisinha para você. — Ergueu o queixo. — Há um envelope no balcão da cozinha. Pode pegá-lo para mim?

— Claro.

Eu ri, olhando para o envelope branco liso com meu nome escrito nele. Sem saber, demos presentes iguais um ao outro.

— Você vai primeiro — eu disse.

O sr. Hanks abriu o envelope lacrado e tirou o cartão de visita que eu coloquei dentro. Ele o leu e depois olhou para mim com as sobrancelhas franzidas.

— Um lar para idosos? Espero que seu presente não seja me colocar lá.

Eu ri.

— Não, definitivamente não é. Mas é onde estarei hoje. O Centro de Vida Assistida do East Side tem um andar para pessoas que moram lá temporariamente enquanto se recuperam de derrames. Vou servir o almoço hoje e depois jogar cartas e jogos de tabuleiro com os residentes. Eu realmente não posso comprar um presente e, honestamente, a maioria dos presentes que comprei ao longo dos anos eram bem desnecessários, então este ano estou doando meu tempo e fazendo boas ações em homenagem às pessoas. Hoje darei o meu melhor para espalhar a alegria do Natal com você em mente.

O sr. Hanks pareceu ficar um pouco engasgado.

— Obrigado. Isso é muito gentil da sua parte.

Eu sorri.

— Minha vez agora! — Rasguei o envelope com a empolgação de uma criança na manhã de Natal. Engraçado, havia um cartão de visita dentro do meu presente também. O meu era para o The Lotus, um hotel cinco estrelas chique com vista para o Central Park.

— Vire — disse ele. — Há um nome escrito atrás.

— Marie Desidario — li em voz alta.

O sr. Hanks assentiu.

— Você vai encontrá-la amanhã de manhã. Eu consegui um contato com o hotel e sei que eles estão planejando refazer todos os quartos. Se você puder criar designs até a véspera de Ano-Novo, eles analisarão sua proposta. Eles já receberam material de outra empresa e se comprometeram a tomar a decisão até o início do ano. Mas eu aposto que você pode vencê-los.

Meus olhos se arregalaram.

— Oh, meu Deus! Isso é... eu nem sei o que dizer. Isso é tão incrível. Conseguir um trabalho como o The Lotus Hotel pode ser uma mudança de carreira. Eu... eu... eu vou te abraçar. Mas prometo que *não* estou dando em cima de você.

O sr. Hanks riu enquanto eu o envolvia em um abraço gigante. Eu realmente não conseguia acreditar que teria a chance de enviar meus projetos para um lugar como aquele.

— Feliz Natal, querida.

— Feliz Natal para você também, sr. H. E diga ao seu filho que espero que ele tenha um bom feriado também.

— Pode apostar.

Nos cinco dias seguintes, tive que beber cinco litros de café. Liguei para Marie, no The Lotus, bem cedo no dia seguinte ao Natal, e ela me disse para ir lá para me dar as especificações que havia fornecido às outras empresas. Enquanto eu estava lá, ela também me mostrou o hotel e as suítes para as quais eu faria o design.

Estive no hotel uma vez com Warren para jantar, mas nunca o tinha visto na época do Natal. O lugar era realmente mágico.

Eu estava no saguão com minha grande bolsa de portfólio no ombro e olhei em volta, admirada. Para me inspirar, fui lá todos os dias desde que me encontrei com Marie pela primeira vez, mas, cada vez que entrava no magnífico saguão, sempre ficava maravilhada com sua beleza. No meu coração, eu me sentia indigna da oportunidade de projetar qualquer coisa para este lugar, embora eu realmente amasse os conceitos que criei.

Subi de elevador até o sexto andar, onde ficavam os escritórios, e bati na porta aberta do gerente antes de entrar. Marie sorriu calorosamente.

— Entre, Piper. É bom te ver. — Ela estendeu a mão de trás da mesa.

— Você também. — Limpei minha mão na calça antes de dar um passo à frente para apertar a dela.

— Desculpa. Estou uma pilha de nervos. Não quero encostar minha palma suada na sua.

Marie sorriu.

— Não há nada para ficar nervosa. Por que não se senta? — Havia uma pequena mesa redonda com algumas cadeiras no canto do seu escritório, e ela fez um gesto nessa direção. — Podemos nos acomodar melhor ali.

Durante a próxima uma hora e meia, mostrei meus conceitos a Marie. Eu tinha feito dois painéis muito diferentes para apresentar, mas, honestamente, gostei muito mais de um do que do outro.

Marie concordou claramente. Ela fez *ooh* e *aah* para o rico tecido que eu escolhi para as cortinas e me disse que adorava a exclusividade e a qualidade do papel de parede de flores de cerejeira pintado à mão que sugeri. No geral, achei que a apresentação não poderia ter sido melhor.

— Bem, vou me encontrar com o proprietário esta tarde. Ele já viu os outros conceitos. Vou fazer minha recomendação a ele, mas, no final das contas, a escolha é dele. Então, não quero lhe dar muitas esperanças, mas a sua é minha nova favorita.

— Sério?

Ela assentiu.

— Sério.

Eu estava tão animada que o comportamento profissional que eu estava tentando manter voou pela janela. Eu pulei da minha cadeira e joguei os braços em volta dela para um abraço.

— Muito obrigada!

Ela riu.

— De nada. Mas acho que ter dito para você não ter muitas esperanças não ajudou muito, não é?

— Não, acho que não. Mas entendo que meus projetos podem não ser escolhidos. Honestamente, já é um sonho vir aqui e ter a chance de apresentar a você. Aconteça o que acontecer, sempre serei grata pela oportunidade.

— O sr. Hanks disse que você era especial. Eu posso entender o porquê agora.

— Obrigada. Não sabia que você o conhecia. Ele disse que conhecia o proprietário, então eu não tinha certeza.

Marie sorriu.

— Sim, ele com certeza conhece o dono. Ele vem pouco, na verdade. Embora não tanto ultimamente.

— Sim, é bem mais difícil para ele se virar hoje em dia. Mas vou levá-lo para almoçar esta tarde... para agradecer por me dar a chance de apresentar meu trabalho a você. Eu o negligenciei enquanto trabalhava na semana passada e quero comemorar com ele.

— Tenha um ótimo almoço. E entrarei em contato nos próximos dias, de uma forma ou de outra.

Na saída do hotel, vi um sem-teto na calçada do lado de fora. Procurei na minha carteira e, infelizmente, só tinha dez dólares. Sem pensar, fui entregá-lo a ele, mas então me lembrei da última vez que corri para ajudar uma pessoa que pensei ser um sem-teto... E acabei com um saco cheio de paus.

O que... por mais distorcido que fosse, eu estava pensando seriamente em me aprofundar nos pensamentos sobre o homem não-sem-teto que o deu para mim.

Deus, Mason era bonito.

Suspirei.

Desta vez, antes de ter problemas novamente, fui até o homem.

— Oi. Você está... esperando por um táxi?

O rosto do cara estava sujo e seu cabelo claramente não era lavado há muito tempo. Ele me olhou como se eu fosse louca.

— Não, estou esperando a Cinderela passar e me pegar para o baile. Jesus, senhora, vá embora... a menos que queira me comprar algo para comer.

Eu sorri e estendi os dez dólares para ele.

— Na realidade, eu adoraria comprar um almoço para você. Tenha um feliz Ano Novo.

Ele balançou a cabeça, mas rapidamente pegou a nota da minha mão.

— Sim. Você também.

Naquela noite, eu estava prestes a me trocar quando ouvi uma batida na porta.

Meu coração disparou quando espiei pelo olho mágico.

— Mason. Está... tudo bem com o seu pai?

— Sim. Sim. Tudo está bem.

Minha mão cobriu meu coração.

— Você me assustou.

— Desculpe por isso. Eu só estava pensando... — Ele olhou para baixo. — Se você gostaria de jantar.

— Você quer dizer eu, você e seu pai, certo?

Ele abriu um sorriso jovial.

— Não. Quero dizer apenas eu e você.

— Tipo um encontro?

Ele riu.

— Sim, exatamente como um encontro. Você sabe por quê?

— Por quê?

— Porque *seria um encontro*, Piper.

— Oh! Uau. Hummm. Eu...

— Você já tinha planos?

— Bem, é véspera de Ano-Novo. Então, sim, eu tinha planos.

Mason semicerrou os olhos.

— E esses planos são...?

— Eu tenho um encontro com dois homens.

Suas sobrancelhas se ergueram.

Eu sorri.

— Ben & Jerry. Eu ia apenas sentar em casa e assistir à bola cair enquanto comia Chunky Monkey.

Mason balançou a cabeça.

— Esteja pronta às oito.

Minhas mãos foram para a cintura.

— Não. Não quando você diz assim.

Ele revirou os olhos.

— Você quer ou não quer sair comigo?

— Eu acho que sim. Mas quero mais do que *esteja pronta às oito*. Deus, você pode realmente ser um idiota.

Nós nos encaramos. Eventualmente, ele quebrou o olhar.

— Piper. Você poderia, por favor, estar pronta às oito da noite?

Eu sorri.

— Que tal oito e quinze?

Ele resmungou "Que diabos eu estou fazendo?" baixinho e se virou para ir embora.

— Vejo você mais tarde.

Saí para o corredor.

— Espere! Aonde vamos? O que devo vestir?

— Vista o que quiser.

— Mas o que você vai vestir?

Ele ainda não se virou.

— O que *eu* quiser.

— Vamos usar transporte público? Preciso saber para escolher o calçado.

Mason chegou ao elevador e apertou o botão.

— Não usaremos transporte público.

— E quanto ao resto? Vou precisar de chapéu e luvas?

As portas do elevador se abriram. Ele olhou para mim no corredor antes de entrar.

— Claro, vista-os. Vista o que quiser. Até o seu saco de paus é bem-vindo. Vejo você às oito, Piper.

E então... simples assim, ele se foi.

Exatamente às oito, ouvi uma batida na porta. Esperando que fosse Mason, abri, olhando para o meu vestido.

— Não sei se o que estou vestindo é muito arrumado... *oh.* — Olhei para cima. — Sinto muito, pensei que fosse o Mason.

O homem mais velho tirou o chapéu e assentiu.

— Sou o motorista do sr. Mason, senhora. Ele me pediu para buscá-la às oito.

Motorista?

Me pegar?

Eu estava completamente confusa.

— Você quer dizer que Mason não está aqui?

— Não, senhora. Ele tinha alguns compromissos, então me pediu para buscá-la.

— Ah, bem. Tudo bem. Acho que sim, se ele está preso no trabalho. Deixe-me pegar minha bolsa. Entre.

O motorista sorriu.

— Vou apenas esperar aqui.

— Como quiser. — Peguei minha bolsa e me olhei no espelho uma última vez. Tinha escolhido um vestido preto de contas, já que era véspera de Ano-Novo. Mas pensei que poderia estar arrumada demais. Então, quando entrei no corredor, perguntei ao motorista: — Você saberia se o que estou vestindo está bom? Quero dizer... você sabe o quão bom é o restaurante para o qual ele está me levando?

— É um restaurante muito bom.

— Um *vestido de contas* está bom?

O homem sorriu.

— Acho que sim.

Sentei-me no banco de trás de um sedan de luxo Lincoln por quase quarenta e cinco minutos enquanto o motorista dirigia pelo tráfego intenso da cidade. Este já era um encontro estranho... dada a maneira que discutimos quando ele me convidou para jantar, até ele mandar seu motorista em vez de aparecer ele mesmo. Mas eu estava bem animada.

Mason Hanks era absolutamente lindo e, apesar do seu toque de arrogância, ele era engraçado, e eu gostava que tivéssemos nossas piadinhas. Então, senti um frio na barriga durante toda a viagem.

O carro diminuiu a velocidade até parar em frente de onde eu estava antes, no The Lotus Hotel. Eu estava confusa até que vi o homem parado na frente esperando, enquanto remexia em seu relógio enorme.

Uau. Mason ficava ótimo de terno. Pelo jeito que se ajustava em seus ombros largos e envolvia seus braços, tinha que ser sob medida. Seu cabelo estava penteado para trás e ele estava de pé com as pernas bem abertas, parecendo muito impaciente. Não sei por que, mas o fato de que ele parecia estar irritado me divertiu. Mason olhou para cima e nossos olhos se encontraram. Ele sorriu, e eu quase perdi o controle. *Oh, meu.* Ele parecia... bem, lindo de morrer... como uma estrela de cinema de antigamente.

Inclinando-se para o carro, ele abriu a porta e estendeu a mão.

— Já estava na hora.

— Eu não controlo o tráfego, sabe?

O canto do seu lábio se contraiu. Ele me olhou de cima a baixo.

— Você está linda.

Eu amoleci.

— Obrigada. Você não parece tão mal também.

Ele dobrou o braço e me ofereceu o cotovelo.

— Estive aqui esta tarde. Você sabia que seu pai é amigo do proprietário e ele me deu a chance de apresentar alguns designs para um projeto de redecoração?

Mason assentiu.

— Eu sabia disso.

Um porteiro abriu a porta com um aceno de cabeça quando nos aproximamos.

Uma vez dentro, embora eu tivesse estado aqui seis vezes em seis dias, a grande beleza novamente me oprimiu. Eu olhei para cima com admiração.

— Deus, eu amo este hotel.

Mason sorriu.

— Isso é bom. Porque você vai passar muito tempo nos quartos dele.

— Você está extremamente seguro de si mesmo. — Quanto mais seu comentário penetrava na minha mente, mais me irritava. — Quer saber, você tem muita coragem para presumir que só porque concordei em ir a um encontro com você, vou pular na sua cama.

Mason começou a rir.

— Acalme-se, Piper.

Seu comentário me irritou ainda mais.

— Não. Não vou me acalmar. Eu não me importo com o quão bonito você é, não vou namorar um idiota.

O sorriso de Mason era tão presunçoso.

— Você me acha bonito.

Revirei os olhos.

— Claro que um *idiota* não ouviria a parte sobre ele *ser um idiota*.

— Você fica muito fofa quando está brava.

Semicerrei os olhos para ele.

— Você é inacreditável. — Talvez o motorista ainda estivesse lá fora e pudesse me levar de volta para casa. — Quer saber? Vou embora. Infelizmente, às vezes, a maçã cai longe da árvore. Não tenho ideia de como seu pai pode ser tão doce e você, tão idiota. Tchau, Mason.

Eu me virei para sair furiosa quando Mason agarrou meu braço.

— Espere.

— O quê?

— Não sou realmente tão babaca. Eu posso explicar.

— Ah, é? Pode explicar como você não é um babaca por presumir que eu pularia na sua cama? Pode valer a pena ficar por aqui para ouvir.

Mason sorriu.

— Quando eu disse que você passaria muito tempo nos quartos, quis dizer que você estaria trabalhando. Você conseguiu o contrato para os quartos, Piper.

Meu rosto franziu.

— O quê?

— Eu sou *dono* do The Lotus Hotel... e alguns outros.

— Do que você está falando?

— Quando você mencionou que era designer de interiores na outra noite, eu disse ao meu pai para lhe dar o cartão com o número da Marie por mim. Achei que deveria te dar uma chance. Você foi gentil com meu pai e gosto de garantir que a gentileza seja retribuída.

— Então você me deu um contrato multimilionário porque fui legal com seu pai?

— Não. Você teve a chance por causa do meu pai. Você ganhou o contrato. A sua foi a melhor apresentação, de forma justa e honesta. Até Marie recomendou seus projetos.

Eu deveria estar emocionada por ter conseguido um trabalho importante como este, mas, em vez disso, me senti desanimada. Meu peito estava pesado.

— Oh. Ok. Obrigada, eu acho.

A testa de Mason franziu.

— O que está errado? Você não parece feliz.

— Eu estou. É só... — Balancei a cabeça. — Nada.

— Bote pra fora, o que está acontecendo nessa sua cabeça?

— Eu acho... eu pensei... bem, pensei que isso era um encontro.

Ele estreitou os olhos.

— Mas é um encontro.

— Não, quero dizer um encontro de verdade. Não é um jantar de negócios.

Mason alternou o olhar entre os meus olhos. Pegando minhas bochechas entre as mãos, ele baixou o rosto para o meu. Antes que eu pudesse registrar o que estava prestes a acontecer, ele colou os lábios nos meus, engolindo o suspiro de choque que deixei escapar. No início, só pude tentar acompanhar, abrindo quando ele abria, oferecendo minha língua quando ele assaltou minha boca, agarrando-o quando ele já me tinha em seu abraço. Mas, eventualmente, todos os pensamentos se dissiparam e o instinto assumiu o controle. Eu o beijei ainda mais forte, pressionando meu corpo contra o dele e chupando sua língua. Mason rosnou. O som passou por mim, viajando para o meio das minhas pernas com uma ondulação.

Suas mãos nas minhas bochechas deslizaram para trás do meu pescoço, e ele inclinou minha cabeça para aprofundar o beijo. Ficamos por uns bons dez minutos parados no meio de um saguão movimentado, mas me senti como se estivéssemos sozinhos em um quarto. Quando finalmente nos separamos, estávamos ofegantes.

— Uau — eu disse.

Mason sorriu.

— É uma porra de um encontro, Piper.

Eu sorri de volta.

— É um encontro. Mas você ainda é um idiota.

Algumas semanas depois, estávamos inseparáveis.

As coisas mudaram muito rápido entre nós. Tínhamos passado seis noites por semana juntos, algumas delas sozinhos e algumas com seu pai. Sexta-feira, eu até adormeci na casa dele, mas ainda não tínhamos *dormido juntos*. Embora eu estivesse esperando que isso mudasse esta noite.

Depois que fiz o jantar, Mason me ajudou a tirar as decorações de Natal. Ele arrastou minha árvore meio morta escada abaixo para colocá-la no lixo, enquanto eu aspirava todos os pedaços dela que caíram.

— Obrigada por tirar isso — eu disse quando ele voltou. — Odeio fazer esse trabalho.

— Sem problemas.

— Posso incomodá-lo para fazer mais uma coisa por mim?

Ele balançou as sobrancelhas sedutoramente.

— Só se eu puder incomodá-la a fazer uma coisa para mim mais tarde.

Eu ri. Mason brincava muito, mas não me pressionou *nadinha* sobre sexo, embora tivéssemos brincado um pouco. Isso só me fez desejá-lo ainda mais.

— Eu tenho outro saco para você levar para o lixo — falei. — Espere, deixe-me ir pegá-lo.

Fui para o quarto e tirei o saco de papel marrom que enfiei em uma gaveta. Não tenho ideia do motivo, mas guardei tudo, até o saco original. Respirei fundo e voltei para encontrar Mason assistindo a um jogo de futebol na TV.

— Aqui está. Não vou precisar mais disso.

Mason estava olhando para a TV, mas, quando viu o saco que eu estava segurando, se virou com interesse. Com um olhar curioso, ele pegou o saco e o abriu.

— É o seu saco de paus. Como você pode se livrar disso?

— Eu esperava trocá-lo por uma coisa real.

Os olhos de Mason escureceram.

— Você está dizendo o que eu acho que está dizendo?

Sorri.

— Eu quero você, Mason. Tipo *agora*.

Em um minuto, eu estava lá segurando o saco e, no seguinte, fui pega nos braços por Mason.

— O que minha garota quer, minha garota consegue.

Minha garota. Eu realmente gostei disso. Sorri e encostei a cabeça no seu ombro quando ele começou a marchar em direção ao meu quarto.

— E o saco, você não quer jogá-la fora?

— Não. — Ele me beijou. — Você pode ter tudo isso *e* um saco de paus. Você é uma garota de sorte.

FIM

Feliz Natal aos nossos leitores!
Esperamos que você ganhe um
saco de paus e mais este ano!

CAPÍTULO 1

Margo

Nancy falou acima do som alto de leite fervente.

— Não posso acreditar que eles fugiram de nós.

— Sério? Porque eu posso.

Eu tinha acabado de receber uma mensagem do meu futuro ex-marido dizendo que ele e seu advogado não poderiam comparecer à nossa reunião... a reunião que deveria ter começado há cinco minutos. Esta era a segunda vez que ele fazia isso comigo, alegando estar preso no trabalho. Tínhamos até agendado a reunião de hoje em um café perto do seu escritório no Soho para facilitar para ele, porque ele reclamou que demorava muito para chegar a qualquer um dos escritórios dos nossos advogados. Não só isso, eu tive que pedir a minha melhor amiga, Nancy, para substituir meu advogado porque o que contratei sofreu um acidente de carro ontem. Eu estava tão desesperada para terminar o dia de hoje. Se eu me curvasse mais para o idiota, quebraria ao meio.

— Bem, você sabe o que quero dizer. Eu posso *acreditar* nisso — disse Nancy. — Porque, cara, era a porra do Rex!

Foi logo depois do Dia de Ação de Graças e já estava começando a se parecer muito com o Natal. Todo o café estava decorado com luzes brancas e guirlandas. Fiquei esperançosa quando entrei, pensando que talvez a atmosfera alegre compensasse o sofrimento da reunião. Mas, claro, qualquer coisa envolvendo Rex não terminava bem.

Tentei tirar o melhor proveito disso, optando por saborear o *eggnog latte* sazonal, pelo qual eu esperava todos os anos. A alegria das festas de fim de ano *deveria* estar no ar, além do fato de que meu ex, aquele Scrooge — vulgo Rex —, fez sua merda de sempre. Eu concordei com um divórcio simples e consensual — o que era irônico, já que todo o fim do meu casamento foi culpa dele —, mas ele precisava de uma reunião. Aparentemente, ele e seu advogado decidiram não aparecer. Isso era típico dele, infelizmente.

Então, na última hora, fiquei conversando com Nancy, minha melhor amiga de infância. Eu normalmente tentava não misturar negócios com prazer, mas ela parecia ansiosa e à altura da tarefa, e eu estava desesperada para não atrasar esse divórcio mais do que Rex já tinha feito.

All I Want For Christmas, de Mariah Carey, tocou baixo no alto-falante superior. Sempre adorei essa época do ano; se eu não tivesse a nuvem escura desse processo de divórcio pairando sobre mim, eu poderia realmente ter gostado.

Nancy bebeu o último gole do seu *latte*.

— Precisamos pensar numa maneira de apimentar sua vida. Sério, você não faz nada além de trabalhar e se estressar com esse maldito divórcio. Isso não é saudável. Por que não vai à festa de Natal da minha empresa comigo? É um cruzeiro pelo porto.

— Não sei. Vou pensar sobre isso.

— Melhor ainda... talvez possamos ir para algum lugar depois do Ano-Novo.

Apenas ouvindo pela metade, eu verifiquei meu telefone.

— Pode ser. — Um monte de e-mails chegou enquanto eu estava no café.

Meu trabalho como uma das principais planejadoras de eventos em Manhattan me mantinha superocupada.

Quer eu estivesse planejando festas chiques nos Hamptons ou de gala na cidade, minha agenda estava lotada, sete dias por semana.

Nancy estalou os dedos na frente do meu rosto.

— Está me ouvindo? Eu disse que talvez devêssemos viajar depois das festas de fim de ano.

Obriguei-me a guardar meu telefone.

— Para onde iríamos?

Ela franziu os lábios.

— Sabe... não tenho certeza se vou te dizer. Vai ser uma surpresa. Você pode descobrir quando entrarmos no avião. Toda a sua vida é planejada e programada no seu maldito telefone. Tenho certeza de que vou fazer você se livrar disso por uma semana também.

Como se fosse minha deixa, uma notificação de texto soou, me levando a pegar meu telefone novamente e verificar. Era um dos fornecedores de uma festa de fim de ano que eu estava organizando.

A ideia de algum dia me desfazer do meu telefone me dava calafrios.

— Não seja ridícula. Eu nunca poderia ficar sem meu telefone por uma semana.

— Não tem um osso impulsivo no seu corpo. Você precisa se desconectar e viver um pouco antes que toda a sua vida passe.

Brincando com meu copo vazio, eu disse:

— A impulsividade é uma escolha. Posso ser impulsiva se quiser.

Ela parecia cética.

— É mesmo...?

— Sim.

— Então, se eu te desafiasse a fazer algo agora neste café que você normalmente nunca escolheria fazer, qualquer coisa mesmo, você faria por um capricho... por uma questão de impulsividade?

Eu vi para onde isso estava indo. Os pequenos desafios de Nancy remontam à nossa infância no Queens. Tudo começou na quinta série, quando tentei desafiá-la a dizer a Kenny Harmon que gostava dele. Mas nem consegui pronunciar as palavras... e dizer "Eu te desafio..." e a louca Nancy me interrompeu e exclamou: "Eu faço!". O que se seguiu foram dez anos aceitando os desafios uma da outra antes de saber o que eram. Eu fiz tantas coisas que nunca teria feito de outra forma, como nadar nua, convidar o cara mais lindo da escola para o baile, bungee jumping. Tinha que admitir que alguns desses desafios acabaram sendo os melhores momentos que eu já tive. Mas já fazia muito tempo que não fazíamos nosso joguinho.

Por outro lado... o que ela poderia me desafiar a fazer de tão drástico além do que já fiz? Claro, também provaria totalmente o ponto de vista dela de que eu não poderia ser impulsiva se dissesse não. E... eu odiava quebrar nossa longa sequência de concordar com esses desafios idiotas.

Eu me sentei ereta.

— Sim. Certo. Por que não?

Ela ergueu a sobrancelha.

— Você tem certeza absoluta?

Hesitei e depois respondi:

— Sim.

Quantos anos eu tenho?

No que estou me metendo?

Sua afirmação de que eu não era aventureira me deixou meio chateada, principalmente comigo mesma, porque ela estava certa. Eu realmente não poderia desistir agora. Mesmo que Nancy e eu jogássemos assim desde que éramos crianças, não era mais exatamente fofo quando adultas. Mas quando colocava na cabeça algo para provar um ponto, ela não desistia. Em parte, era por isso que ela era uma boa advogada. Não tenho certeza se foi porque Rex arruinou meu dia pela enésima vez, me deixando de mau humor, mas, por algum motivo, eu simplesmente não queria deixá-la vencer desta vez.

Querendo acabar com isso, perguntei:

— Então, qual será a minha tortura?

Ela fechou os olhos por um momento.

— Estou pensando. Tem que ser bom... algo que eu realmente não acho que você fará.

Agora ela estava me dando nos nervos. Fosse o que fosse... eu teria que aceitar — apenas para provar que ela estava errada.

Depois de um minuto de qualquer coisa estranha de meditação que ela estava fazendo para se concentrar, ela finalmente falou:

— Tudo bem. Eu decidi o que é. Mas você tem sorte, porque vou te deixar escolher parte dela.

— Explique.

— Eu quero que você beije um estranho. Alguém neste café.

O quê?

— Você está brincando comigo?

— Nem um pouco... mas você terá que escolher quem é. Não sou tão cruel a ponto de fazer você beijar qualquer um — ela sussurrou e sinalizou com a cabeça. — Como ele.

O velho ao nosso lado estava com a gordura do sanduíche de ovo escorrendo pelo queixo.

Sabendo que ela não desistiria dessa ideia, suspirei e murmurei:

— Tudo bem.

— Como é? Não consegui ouvir você.

Cerrei meus dentes.

— Tudo bem!

— Excelente. Quem vai ser? — Os olhos de Nancy vagaram pela cafeteria, então pousaram em alguém no canto. — Sim. — Ela sorriu. —

Ohhhh, sim. sim. Sim! Hoje é o seu dia de sorte. Não acredito que não o notei antes. — Ela estreitou os olhos. — Não parece que ele está usando uma aliança de casamento, então, ponto para você.

Eu me preparei e me virei para ver para quem ela estava olhando.

Ela só podia estar brincando.

O homem de cabelos escuros e aparência distinta sentado no canto era lindo de morrer, vestido com esmero em um terno de três peças que parecia feito sob medida para seu físico perfeito. Seu nariz estava enterrado no *The New York Times*. Era um nariz perfeito que complementava sua mandíbula perfeita. Eu mencionei que ele era *perfeito*?

Esse cara iria rir da minha cara!

Não tinha como eu me envergonhar na frente dele. A escolha tinha que ser um médio feliz… alguém que eu não me importaria de fazer papel de boba, mas ele também não poderia ser horrível.

— Ok, quem vai ser? — ela disse, olhando para a hora em seu telefone. — Acho que vou correr para fazer algumas compras de Natal, já que Rex foi embora. Então, vamos colocar esse plano em prática.

Meus olhos percorreram o salão.

A jovem mãe no canto com seu bebê? Não.

O barista adolescente? Hum… tenho certeza de que seria presa.

Oh, meu Deus.

Não havia literalmente ninguém além do velho e do sr. Perfeito.

Eu reavaliei.

O louco perto de nós? Sem chance. Eu simplesmente não conseguia fazer isso, nem mesmo no meu melhor dia.

De volta ao sr. Perfeito. Ele ganhou por falta de opção.

— Você tem razão. Ele é a única opção viável. — Soltei uma respiração frustrada em meu cabelo loiro-escuro. — O cara vai pensar que sou maluca.

— Não se você se explicar corretamente. Depende de como você vai fazer isso.

— Se eu fizer isso, posso provar um ponto. Mas o que você ganha com isso?

— Ou eu provo que estou certa ou me divirto um pouco. De qualquer maneira, eu ganho. Além disso, acho que é realmente bom para você. Quando foi a última vez que esses lábios foram tocados?

Eu nem conseguia lembrar. Isso era triste. Honestamente, eu não tinha beijado ninguém desde o meu ex traidor, Rex. (Sim, Rex rima com ex, e eu deveria ter interpretado isso como um presságio antes de dizer "sim".)

Respirando fundo, me levantei.

— Eu vou logo acabar com isso.

Meus passos não poderiam ter sido mais devagar. Fiquei olhando para Nancy enquanto ela me observava atentamente. Meu coração disparou. O pobre cara não sabia o que estava para acontecer.

A interpretação de Madonna de *Santa Baby* tocou ao fundo enquanto eu caminhava lentamente até ele.

Fiquei ainda mais paralisada quanto mais perto chegava do seu lindo rosto.

Parando bem na frente dele, eu congelei.

Ele desviou a cabeça do que estava lendo quando me notou ali.

— Posso ajudar? — Claro, sua voz sexy combinava com seu exterior.

O nervosismo, de repente, tomou conta de mim enquanto gaguejava:

— Oi... eu sou Margo?

Saiu como uma pergunta. *Margo?* Como se eu nem soubesse meu próprio maldito nome.

Ele fechou o jornal.

— Oi.

Eu apenas fiquei lá e continuei a não dizer nada.

— Está tudo bem? — ele perguntou.

Sentindo que ia mijar nas calças, falei:

— Não costumo fazer coisas assim... hum...

Ele estava apenas olhando para mim agora. Este homem achava que eu era uma idiota. Eu não poderia culpá-lo.

— Você está bem? — ele repetiu.

Rindo exageradamente, eu disse:

— Oh, meu Deus, sim. Tudo está ótimo. — Eu me virei para olhar para minha amiga. Ela estava me fazendo sinal de positivo, me incentivando a continuar. — Tudo bem se eu sentar? — Fiz isso antes mesmo que ele pudesse dizer sim ou não. Minha cadeira derrapou no chão de madeira.

— Ãh... sim. Vá em frente.

Juntando meus dedos, sorri para ele.

Ele finalmente ergueu a sobrancelha questionadora, o que serviu como minha deixa para eu dizer algo.

Bote pra fora.

— Lamento estar agindo de forma tão estranha. Você vai achar que isso é loucura. — Apontei para Nancy. — Minha amiga ali... nos conhecemos desde crianças. Ela e eu sempre fizemos essas apostas engraçadas ao longo dos anos. De qualquer forma, ela basicamente me acusou de não ser nada espontânea. Eu não gostei disso. Isso me deixou um pouco zangada, na verdade. — Lambi meus lábios. — Você parece um cara de sucesso. Tenho certeza de que sabe o que é ser competitivo.

Ele olhou para Nancy, depois de volta para mim, ainda parecendo confuso quando disse:

— Tudo bem...

— Enfim... ela não está totalmente certa sobre mim. Só porque alguém opta por viver com responsabilidade na maior parte do tempo, não significa que não seja capaz de se divertir. — Eu estava totalmente divagando e precisava ir direto ao ponto. — De qualquer forma, ela me fez concordar com uma aposta às cegas, em que eu basicamente concordaria com antecedência em fazer tudo o que ela mandasse, para provar minha espontaneidade. É por isso que estou aqui.

— Ela disse para você ir até um estranho e começar a balbuciar...

Eu me encolhi.

— Não exatamente.

— O quê, então?

— Eu deveria... beijar você.

Ele não respondeu, só estreitou os olhos.

Excelente.

Rindo nervosamente, completei:

— Eu disse que era uma loucura.

Ele finalmente falou:

— O que você ganha por me beijar?

— Nada. Eu só tenho que provar que sou... aventureira.

O silêncio pairou no ar por alguns segundos antes de ele se levantar de repente.

Adorável. Eu o assustei.

— Aonde você está indo?

— Se vamos nos beijar, eu deveria pelo menos te pagar um café. O que você bebe?

Oh. *Oh.* Meu coração acelerou. *Isso vai acontecer, então?*

— Eu já tomei um *latte*, mas obrigada.

Ele continuou indo até o balcão, de qualquer maneira, e, depois de alguns minutos, voltou com a bebida verde mais horrível que eu já vi. Estava em um copo gigante com um canudo de doce e tinha o que pareciam ser faíscas vermelhas imersas por toda parte.

Tenho quase certeza de que teria cárie ou diabetes só de olhar.

— O que é isso?

— É o cappuccino gelado de árvore de Natal deles. Comprei para o meu sobrinho no ano passado. Manteve-o com alto teor de açúcar por três dias. — Ele o entregou para mim. — Vamos combinar uma coisa: se você beber tudo isso, nós podemos nos beijar.

— Qual é o sentido de me fazer beber isso primeiro?

— Bem, vai demorar um pouco porque é muito doce. Isso nos dará tempo suficiente para, pelo menos, nos conhecermos de forma adequada, antes que eu, aparentemente, enfie minha língua na sua garganta. Mas, principalmente, vai me divertir ver você beber. O bônus? — Ele olhou na direção de Nancy. — Sua amiga parece realmente confusa agora. Bem feito para ela, se você quer saber minha opinião.

— Isso *é* uma espécie de bônus — concordei, olhando para ela e sorrindo. — Tudo bem. Negócio fechado.

Tomando o primeiro gole, tentei engoli-lo rápido, sem realmente sentir o gosto.

Inesperadamente, congelou meu cérebro e tive que parar.

— Aff! — Esfreguei minha testa.

Ele deu uma risadinha.

— Você está bem?

Tossindo, eu disse:

— Sim. — Deslizei o copo na direção dele. — Quer um gole? Tem gosto de zimbro, como uma árvore de Natal. Talvez um pouco de seiva.

— Não, obrigado. — Ele estendeu a palma da mão. — Então... —

ele começou. — O que você faz para se divertir quando não está fazendo propostas a estranhos em cafés, Margo?

— Eu.... — Infelizmente, não conseguia me lembrar da última coisa divertida que fiz. Meus ombros caíram quando percebi que Nancy estava absolutamente certa; eu não tinha mais vida. — Eu trabalho muito. Sou praticamente casada com o trabalho.

— O trabalho é um homem de sorte. — Houve uma sugestão de um brilho em seus olhos. Foi a primeira vez que percebi que talvez ele não estivesse totalmente desanimado com o meu pedido ridículo de um beijo.

Jesus. Meu nervosismo me consumiu tanto que nem perguntei o nome dele.

— Me desculpe... não peguei seu nome.

— Chet.

— Prazer em conhecê-lo. — Tomei outro longo gole da bebida e, mais uma vez, foi direto para a minha cabeça.

— Eu desaceleraria nisso se fosse você. Meu sobrinho estava quicando nas paredes. Não gostaria que você fizesse nada para se envergonhar.

— Tenho certeza de que já estou nesse ponto. Mas obrigada.

Nós compartilhamos um sorriso.

— Você sabe o quê? — ele disse. — Admiro sua disposição de sair da sua zona de conforto.

— Bem, pense na história que você pode contar aos seus colegas quando voltar para o escritório.

Ele riu, exibindo seu lindo sorriso antes que seu telefone tocasse.

Chet baixou os olhos.

— Merda. Eu tenho que atender. — Ele ergueu o dedo indicador. — Um segundo.

Continuei a bebericar a bebida enjoativamente doce enquanto ele falava ao telefone.

O tom da chamada parecia urgente.

Quando ele desligou, perguntei:

— Está tudo bem?

— Uma espécie de crise no escritório. Vou ter que ir, infelizmente.

A decepção tomou conta de mim. *Afinal, isso não iria acontecer.*

— Ah, tudo bem. Podemos simplesmente esquecer tudo, então.

Eu me levantei enquanto ele fazia o mesmo.

Estendi minha mão.

— Foi bom conhecê-lo.

Ele pegou minha mão, mas, em vez de sacudi-la, de repente, ele me puxou em sua direção. A próxima coisa que eu soube foi que senti a fricção dos seus lábios quentes envolvendo os meus.

Tudo ficou estranhamente silencioso, como se o mundo simplesmente parasse quando eu mergulhei em seu gosto, em seu cheiro.

Quando sua língua deslizou pela primeira vez dentro da minha boca, foi gentil. Em segundos, tornou-se exigente quando algo inexplicável acendeu entre nós. Logo, nossas línguas estavam colidindo. Podíamos ter acabado de nos conhecer, mas parecia certo — como se eu tivesse sido feita para fazer isso.

Meus dedos correram por seu cabelo sedoso e espesso, tocando este homem livremente como se nos conhecêssemos há meses, não meros minutos. O gemido de barítono de prazer que saiu dos seus lábios vibrou através de mim e fez meu corpo estremecer.

Eu nem conhecia esse cara, mas, de repente, tudo que eu queria na vida era continuar fazendo isso. Você simplesmente sabe que, se um homem pode usar a língua assim em um beijo, pode usá-la de outras maneiras incríveis. Não poderia dizer que já tinha ficado molhada com apenas um beijo antes.

Ele se afastou de supetão. Seus olhos estavam turvos. Nós dois estávamos sem fôlego.

Eu queria mais.

Volte.

Eu gaguejei:

— Isso foi...

Ele suspirou profundamente.

— Sim...

Puta merda. Esse beijo foi incrível.

Depois de uma risada estranha, olhamos ao redor e percebemos que todos os olhos estavam em nós. A boca de Nancy estava aberta.

— Posso ligar para você algum dia? — ele perguntou.

Sem nem mesmo pensar duas vezes, falei:

— Eu adoraria.

Ele me entregou seu telefone.

— Digite seu número para mim.

Perturbada, digitei o mais rápido que pude, como se talvez fosse acordar desse sonho antes de ter a chance de adicionar todos os dígitos e ele desaparecer no ar.

— Eu gostaria de não ter que correr assim. Mas te ligo em breve.

— Boa sorte com tudo o que você tiver que lidar.

— Tenho certeza de que vou ficar um pouco distraído pelo resto do dia.

Senti meu rosto esquentar.

Eu também.

Ele piscou.

— Tchau. — Ele estava do lado de fora da porta quando se virou e disse: — Foi como beijar minha árvore de Natal, a propósito.

Eu tinha esquecido que minha língua devia estar com o gosto daquela bebida verde horrível.

— Tchau... Chet — sussurrei para mim mesma depois que ele já havia saído.

Quando voltei para a mesa, Nancy estava se abanando.

— Isso foi... interessante. Puta merda.

— Sim. — Eu sorri. — Aquilo foi... foi... ele foi... — As palavras me escaparam.

Ela estava totalmente divertida.

— Olhe para você. Eu nunca vi você assim.

Sem pensar, tomei um gole do resto da bebida verde.

— Tenho certeza de que nunca me *senti* assim.

CAPÍTULO 2

Margo

Nancy e eu estávamos sentadas na escada do tribunal, esperando. Ergui meu queixo para a kombi na esquina onde tínhamos acabado de comprar dois cafés.

— Eu te desafio a entrar e começar a receber pedidos.

O proprietário havia saído há um minuto para ir na loja do outro lado da rua. Ele pendurou uma placa que dizia *Volto em Dois Minutos*, mas uma fila começou a se formar enquanto as pessoas esperavam que ele voltasse.

— Oh, meu Deus. Eu poderia ser presa.

— Que bom que você é advogada, então.

Ela engoliu o seu café e se levantou.

— Acho que te devo uma, já que o bandido beijoqueiro nunca te ligou.— Ela suspirou. — Eu tinha grandes esperanças com ele.

Nós duas tínhamos. Chequei meu telefone de hora em hora nos dias que se seguiram àquele beijo incrível. Pensei que com certeza o cara gostoso do café iria me ligar — a química era fora de série. Pelo menos, foi o que achei. Mas o idiota nunca o fez.

Observei quando Nancy se aproximou da kombi, olhou em volta e entrou. Alguns segundos depois, ela tinha um pequeno bloco de notas na mão e acenou para mim da janela enquanto anotava seu primeiro pedido. Eu não conseguia parar de rir ao vê-la fazer cafés e receber dinheiro das pessoas. Embora minha gargalhada tenha cessado quando ouvi o dono gritando do outro lado da rua. Ele estendeu a mão para impedir a passagem dos carros, quase sendo atropelado.

— *Merda.* — Fiquei de pé.

Nancy desapareceu pela janela no momento em que o proprietário correu para a traseira da kombi. Quando cheguei lá, ela já tinha a situação sob controle.

— Obrigada, Ahmed. — Ela se inclinou e beijou a bochecha do homem.

Ele gemeu e subiu em sua kombi.

— Você fica no tribunal. Fique fora da kombi!

Eu ri.

— O que diabos aconteceu?

Ela encolheu os ombros.

— Nada. Eu disse a ele que era uma profissional autônoma como ele, e que tínhamos que ficar juntos e ajudar um ao outro.

— Eu juro, só você poderia me fazer rir histericamente no dia em que vou ao tribunal para assinar o meu divórcio.

Nancy olhou a hora em seu telefone.

— Merda. É melhor irmos. O juiz Halloran é um defensor da pontualidade.

A fila para passar pela segurança para entrar tinha quase dois quilômetros de comprimento. Acho que todos decidiram que hoje era um bom dia para se divorciar. Nancy procurou o advogado para que, pelo menos, pudesse estar presente quando o caso fosse chamado. Levei uns bons quinze minutos até que consegui ir para a sala de tribunal certa no segundo andar. A porta estava fechada e, quando a abri, o juiz olhou diretamente para mim. Congelei no lugar, e cada cabeça virou na minha direção. Parecia que um disco estridente tinha parado bruscamente. Achei que talvez tivesse entrado na sala de tribunal errada, mas aquele era definitivamente nosso juiz sentado em seu lugar.

— Posso ajudar?

— Hummm. sim. Quer dizer... eu deveria estar aqui... com minha advogada, para o meu caso esta manhã.

O juiz tirou os óculos.

— E a que horas é a sua chamada?

— Chamada?

Ele suspirou e olhou para onde Nancy estava.

— Srta. Lafferty? Você informou ou não a sua cliente que meu tribunal inicia às 9h30?

— Sim, Excelência. Peço desculpas. A fila de segurança estava bem longa esta manhã.

Ele colocou os óculos de volta e ergueu um papel. Nancy chamou minha atenção e fez sinal para que eu fosse até sua mesa *rapidamente*. O juiz não se preocupou em esperar que eu tomasse meu lugar. Ele começou a ler algumas bobagens jurídicas enquanto eu fazia minha caminhada de vergonha. Ao me aproximar do portão que separava partes e os membros do judiciário do público, cometi o erro de olhar para o outro lado da sala do tribunal. Meu futuro ex-marido idiota deu um sorriso falso. *Que babaca.* Mas foi o homem ao lado dele que me fez perder o foco.

E... aparentemente eu precisava desse foco para colocar um pé na frente do outro. Porque, ao empurrar o pequeno portão de madeira, perdi o equilíbrio e tropecei.

Merda.

Caída de bunda, olhei para cima. O juiz não pareceu achar graça.

O homem que havia sido a causa da minha distração se agachou ao meu lado e estendeu a mão para me ajudar a levantar.

Eu não conseguia acreditar nos meus olhos.

O Adônis da cafeteria.

O idiota que nunca me ligou.

Aparentemente, era o advogado de Rex.

Eu sabia o nome do seu advogado: Chester Saint. Ao que parece, eu nunca soube que ele era *Chet*. Eu tinha tantas perguntas. Ele *não* sabia que era eu naquele dia? Ou estava fazendo algum tipo de jogo cruel?

Ele sussurrou no meu ouvido enquanto me ajudava a levantar:

— Acho que a piada era sobre mim. Karma é uma vadia, não é?

Perturbada, eu me levantei. Chet — o Bandido Beijoqueiro, o Escudeiro — voltou para sua mesa, mas continuei ali olhando-o, perplexa. O juiz suspirou alto novamente.

— Sra. Adams? Se não está machucada, poderia sentar-se? Acho que você já fez sua grande entrada.

Pisquei algumas vezes e olhei para Nancy. Ela me lançou um olhar que dizia: *dê o fora daí, sua idiota.*

— Hummm. Claro. Desculpe por isso, Excelência.

O juiz continuou:

— Sr. Saint? Por que você está solicitando um adiamento hoje? Este é um divórcio não contestado, e o acordo de bens parece estar em ordem.

O *sr. Saint* se levantou e abotoou o paletó.

— Excelência, descobrimos recentemente que há uma discrepância potencial na avaliação dos bens da sra. Adams e precisamos de um pouco de tempo para investigar mais a fundo o assunto.

O juiz olhou para Nancy.

— Acho que isso é aceitável para você?

— Não, Excelência.

O juiz murmurou:

— Claro que não.

Nancy apontou para a mesa do réu.

— Eu só recebi a Moção de Adiamento há cinco minutos, quando você o fez, Excelência. No que nos diz respeito, não há problema na avaliação dos bens. Minha cliente e o sr. Adams chegaram a um acordo equitativo de boa-fé.

O juiz olhou para a outra mesa.

— Qual parece ser o problema, sr. Saint?

— Fomos informados de que a sra. Adams tem uma conta bancária não declarada com uma quantia substancial de dinheiro.

Estiquei meu pescoço além de Nancy para dar uma boa olhada no meu ex.

— O quê? Que dinheiro? Você gastou tudo o que tínhamos com aquela puta que contratou como sua secretária, e que não conseguia *digitar ou atender a um telefone*, mas, aparentemente, tinha *outras* habilidades que atendiam aos seus critérios de contratação.

Nancy me calou.

O juiz não foi tão educado.

— Sra. Adams. Além de ser pontual no meu tribunal, você também deve ficar quieta, a menos que eu lhe faça uma pergunta diretamente. Você entendeu?

— Mas... — Nancy colocou a mão no meu braço, em um aviso silencioso. Eu engoli em seco. — Sim, Excelência.

— Já que hoje tem sido muito divertido, vamos fazer de novo. — O juiz colocou os óculos e olhou para baixo. — Moção de Adiamento concedida. Vamos nos reunir novamente em três semanas a partir de hoje. — Ele olhou por cima dos óculos. — E seja pontual, sra. Adams.

Minha cabeça estava girando. Eu não tinha ideia do que tinha acontecido. O cara gostoso da cafeteria é o advogado do meu ex, e eu tenho bens ocultos?

Eu me virei para Nancy.

— Que diabos foi isso?

— Eu estava prestes a fazer a mesma pergunta.

O sr. Saint se aproximou da nossa mesa com seu cliente e falou apenas com Nancy.

— Precisamos de informações sobre as contas conjuntas do TD.

Ela olhou para mim.

— Contas do TD? Eu não tenho nenhuma conta no Banco TD.

Então me dei conta. E olhei para Rex.

— Você quer dizer as contas de Nana? Você sabe que não são realmente minhas. Elas são conjuntas apenas para que eu possa ir ao banco por ela, já que ela está doente.

Rex não disse nada enquanto seu advogado me encarava.

— Precisamos dessas contas até o final da semana.

CAPÍTULO 3

Chet

DUAS SEMANAS DEPOIS

Sob o brilho da iluminação esmaecida em vermelho e verde, eu parei como um peixe fora d'água em um mar de pessoas — todas pareciam ridículas. Eu não queria ter nada a ver com esta festa de Natal, mas um dos meus maiores clientes me convidou, então me senti na obrigação de aparecer. Meu plano era marcar presença por uma hora e depois ir embora.

Não era tanto com a festa que eu tinha problemas. Foi o fato de que era com o tema de fantasias de Natal, o que não era exatamente o meu preferido. Quem diabos faz uma festa à fantasia em dezembro, afinal? Eu tive que conseguir algo no último minuto e não fiquei muito feliz com o que acabei vestindo. Aparentemente, havia apenas duas fantasias na loja grandes o suficiente para mim, e porque adiei a compra até o último minuto, não tive tempo de ir a outro lugar.

Depois de engolir o segundo Jingle Juice Spiked Punch, minha noite estava começando a parecer mais promissora.

Isto é... até que a localizei.

E estava claro que ela havia me notado algum tempo antes, porque seu olhar já estava queimando no meu.

O que diabos ela está fazendo aqui?

Margo.

Margaret Adams.

A futura ex-esposa do meu cliente, Rex Adams.

Ela estava linda como sempre. Seu longo cabelo loiro era estilo ombré, mais escuro na raiz e platinado nas pontas. Ela usava um vestido vermelho de mangas compridas sexy com um toque de brilho, o decote indo até o umbigo. *Cristo*. Ela usava saltos altos combinando, parecendo totalmente com a mulher com quem eu fantasiei por dias a fio — antes de eu perceber quem ela era.

Como diabos ela escapou de usar uma fantasia? Agora eu gostaria de não ter sido tão burro ao assumir que vir significava que eu *tinha* que usar uma. Margo parecia uma humana normal, por isso eu estava aqui tentando salvar o que restava da minha dignidade enquanto vestia como Buddy, de Um Duende em Nova York.

Eu não deveria ter que vê-la novamente até o nosso próximo julgamento. Ainda não conseguia entender o fato de que a Margo do café era Margaret Adams.

Olhei para a porta. Era tarde demais para escapar porque ela já tinha me visto. A próxima coisa que eu soube era que ela estava bem na minha frente.

— Bem, bem, bem, se não é Buddy, o Bandido Beijoqueiro... Chester Saint. Dificilmente um *santo*, se você quer a minha opinião. Mais como o diabo. O que você está fazendo aqui?

— Esta é a festa de Natal do meu cliente. Eu fui convidado. Embora uma festa de Natal com tema de fantasias seja uma ideia horrível.

— Obrigada. Foi ideia *minha*. Eu planejei essa festa.

Merda. Eu tinha esquecido que ela era planejadora de eventos. Isso explicava o que ela estava fazendo aqui e por que não estava vestida como uma idiota.

Ela olhou para mim.

— E Carl Rhodes é seu cliente? Ele é meu cliente também. Ele percebe como você é desonesto? Que não tem coração?

Segurei meu copo com mais força.

— Como é que é?

— Ir atrás do dinheiro da minha avó? As economias da vida de uma mulher de oitenta anos que ela usa para pagar suas despesas médicas. Você deveria ter vergonha de si mesmo. Se é um detetive tão bom, que tal ser útil e ir atrás do dinheiro que Rex roubou de mim? Fui uma idiota em acreditar que o valor das minhas ações despencou tanto no ano passado.

— Não é a hora nem o lugar para discutir o caso. Não tenho o hábito de discutir assuntos jurídicos vestido de Buddy.

— Sério? Acho que a idiotice combina bem com você. E imagino mesmo que Rex encontraria um advogado tão sujo quanto ele.

Antes de responder, engoli o resto da minha bebida, desejando que tivesse quadruplicado a quantidade de álcool. Eu precisava de algo muito mais forte do que este Jingle Juice Spiked Punch agora.

Ela me chamou de desonesto? Eu só estava fazendo meu trabalho descobrindo sobre os fundos ligados à avó dela. Nunca perdi um caso e não pretendia que este fosse o primeiro. Mas isso não significa que meus clientes estavam sempre certos. Rex Adams não era uma boa pessoa. Eu sempre soube disso. E, no fundo, realmente me sentia mal por sua ex — antes de realmente conhecê-la.

Mas agora? Eu não me senti mal por ela. Ela me chamar de desonesto era realmente irônico, considerando que *ela* era a desonesta.

Ela continuou:

— Legal da sua parte me dizer, naquele dia, no café, que você representava o meu marido, a propósito.

— Você não pode estar falando sério. Acha que eu *sabia* quem você era naquele dia?

Ela colocou as mãos na cintura.

— Como você não poderia saber?

— Você me disse que seu nome era *Margo*. Eu conhecia a esposa de Rex como Margaret. Nunca me ocorreu que você fosse a mesma pessoa.

— Margo é meu apelido. E eu estava lá com minha *advogada* depois que seu cliente me deu o bolo. O que você estava fazendo lá, já que Rex cancelou nossa reunião?

— Eu estava lá para a mesma reunião que você. Ele me ligou alguns minutos antes de você se aproximar e me disse que *você* cancelou no último minuto.

— Bem, isso soa como o Rex. — Ela se inclinou para frente e semicerrou os olhos para mim. — Ele é um *mentiroso*. Eu *nunca* teria cancelado. Mal posso esperar para ter esse divórcio finalizado.

— Seu advogado também era para ser um homem, de acordo com a documentação que eu tinha. Como eu saberia que sua amiga, que a enviou em um desafio imaturo de colégio, era a sua maldita advogada?

— Foi uma mudança de última hora — ela murmurou.

Balançando a cabeça em descrença, eu disse:

— Olha, eu não fazia ideia de que era você. Nunca teria te tocado se soubesse.

— Então, se não sabia que era eu, você se diverte pegando mulheres?

O que essa mulher está fumando?

— Pegando você? Você se aproximou de *mim*.

O tom dela estava cheio de emoção.

— Você nunca ligou.

O quê?

Inclinei-me.

— É meio difícil ligar para alguém que te deu um número de telefone falso.

Seus olhos se arregalaram.

— Do que você está falando?

— Eu *tentei* ligar para você, naquela noite. Quem atendeu foi um homem chamado Mauricio. Ele também não ficou feliz quando liguei para ele uma segunda vez dez segundos depois. Ele confirmou que o número que eu tinha era dele, não seu.

Os olhos de Margo moviam-se freneticamente de um lado para o outro.

— Eu poderia ter digitado errado? Você ainda tem... o meu número no seu telefone?

Tirei meu celular do bolso e pesquisei o nome de Margo. Nem sei por que não excluí o contato. Virei a tela em sua direção. Ela examinou o número e franziu a testa, parecendo verdadeiramente chateada.

Ela pigarreou.

— Digitei 4229 quando deveria ser 4299. Nunca tive a intenção de lhe dar o número errado.

Bem, essa é uma reviravolta inesperada nesta história fodida.

Suavizando minha postura, eu disse:

— Presumi que era algum tipo de jogo para você, aquele em que você sai pela cidade beijando homens aleatórios e dando a eles o número errado, para seu bel prazer.

Margo olhou profundamente nos meus olhos e falou:

— Eu nunca faria isso com alguém. De qualquer forma, qual motivo eu teria para lhe dar um número falso? O beijo foi incrível. — Sua boca se entristeceu após a admissão, como se suas próprias palavras a tivessem atordoado, como se ela não esperasse ser tão sincera.

Eu queria dizer a ela que não fiz nada naquele dia inteiro, exceto pensar na sensação dos lábios dela nos meus, o gosto da sua boca. Sonhei com zimbro durante dias. Eu não conseguia me concentrar em nada além dela por muito tempo. Naquele dia, eu queria esperar pelo menos vinte e quatro horas para ligar, mas acabei cedendo e ligando naquela noite, na esperança de convencê-la a me encontrar. Eu teria ido a qualquer lugar que ela pedisse apenas para vê-la novamente.

Mas agora que eu sabia *quem* ela era, como poderia admitir tudo isso? Até mesmo *falar* com ela agora era um enorme conflito de interesses.

— Acho que ambos nos envolvemos em um grande mal-entendido — eu finalmente disse.

Seus olhos brilharam.

— Então, você *tentou* me ligar?

— Sim... — Balancei a cabeça. — Eu tentei.

Margo piscou várias vezes e olhou para longe antes de olhar para mim. Se essa situação fosse diferente, a compreensão desse mal-entendido teria sido uma coisa boa. Mas agora? Para onde vamos a partir daqui? Já estamos em um beco sem saída.

Meus olhos vagaram até a pele exposta do seu decote profundo, a trilha que levava à pele lisa e à vista abaixo dele. De repente, senti que precisava me ajustar na minha calça amarela de elastano. Sim, este não era um bom momento para ficar animado, não apenas porque meu pau estava basicamente em uma meia, mas porque Margo Adams era oficialmente a última mulher na Terra por quem eu tinha permissão de me sentir assim.

— Olha, eu não tenho nada contra você, Margaret. Estou apenas fazendo meu trabalho como representante do Rex.

Ela soltou um suspiro.

— Eu entendo. E tenho certeza de que Rex está alimentando você com mentiras. Ele é um mentiroso, Chet. — A voz dela tremeu. — Ele me traiu. Nunca fiz nada para merecer isso. Tudo que quero é o encerramento sem problemas do erro que foi aquele casamento, e ele está tornando muito difícil para mim apenas viver minha vida. Não vou me contentar com nada menos do que um bom homem em quem eu possa confiar.

— Você não deveria, Margo — eu concordei sem hesitação.

Rex precisava ir ao psiquiatra por ter traído esta mulher.

E por que comecei a chamá-la de *Margo* de novo? Margo era a mulher que beijei no café. A mulher na minha frente é *Margaret*. A esposa do meu cliente — que está completamente fora dos limites. Isso é no que eu deveria acreditar. Mas enquanto eu continuava a olhar para ela, tudo que podia ver era uma pessoa doce, linda e honesta parada na minha frente. E tudo que eu queria fazer era algo que eu sabia que nunca poderia — beijá-la novamente.

— Posso te fazer uma pergunta pessoal? — ela indagou.

— É sobre o caso? Honestamente, existem regras sobre falar com um cliente que tem assessoria jurídica. E não deveria estar discutindo nada sem a presença da sua advogada.

Ela balançou a cabeça.

— Não é sobre o caso, não. Apenas uma pergunta geral.

Tecnicamente, eu não podia discutir o caso dela, mas realmente não deveria nem estar conversando com ela. Meu cliente explodiria se soubesse que eu estava batendo papo com sua ex-mulher. Imagine, então, se soubesse que eu queria me inclinar e dar uma cheirada gigante no seu cabelo.

Merda. De onde veio isso? Sério, eu tive um desejo muito forte de cheirar o maldito cabelo dela. Eu precisava encerrar essa conversa de uma vez por todas. E isso era exatamente o que eu planejava fazer, exceto que as palavras que saíram da minha boca foram:

— Certo. Qual é a sua pergunta?

— Como você representa babacas?

Sufoquei uma risada. Era sobre o caso dela, considerando que Rex parecia um grande babaca. No entanto, limpei a garganta e dei a ela a resposta didática.

— A Constituição dos Estados Unidos concede a cada cidadão o direito ao devido processo, o que significa ter um advogado competente. Se todos os advogados defendessem apenas os inocentes, ou os não babacas, como você diz, nosso sistema legal entraria em colapso.

Margo me estudou por um momento e esfregou o queixo.

— Então, você representa babacas porque nossos fundadores criaram um sistema de freios e contrapesos?

Dei um breve aceno de cabeça.

— Exatamente.

— Quer saber o que eu acho?

Huh. Pelo tom dela, eu não tinha certeza se queria... No entanto, mais uma vez, me vi falando fora de hora.

— Certo.

Ela se aproximou de mim e ficou na ponta dos pés, de modo que ficamos quase nariz com nariz.

— Eu acho que você está cheio de merda.

Olhamos um para o outro por uns bons trinta segundos, então não pude evitar. Incapaz de segurar por mais tempo, eu rachei, e um sorriso apareceu no meu rosto.

Então um se espalhou pelo dela. A próxima coisa que eu soube foi que nós dois estávamos rindo histericamente.

Margo segurou a barriga e, a certa altura, bufou, o que nos jogou em outra rodada de histeria.

Ela enxugou as lágrimas dos olhos.

— Sério... como você faz isso? E não me dê uma resposta idiota desta vez.

Dei de ombros.

— Você nunca teve um cliente de quem não gostasse?

— Claro. Mas isso é diferente. Estou apenas organizando festas para babacas ou planejando alguma proposta elaborada para fazê-los parecer bem. Não batendo no adversário do meu cliente que não merece.

Ela tinha razão. E a verdade é que eu estava cansado de aceitar clientes sem moral. Essa era uma das razões pelas quais eu estava me esforçando para deixar minha empresa e atuar por conta própria. Às vezes, você se encontra com um cliente em potencial e concorda em aceitar um caso, pensando que está representando a criança que está sofrendo bullying. Mas, depois de ouvir o outro lado da história, você se pergunta se seu cliente não pode realmente *ser* o agressor. Nessas situações, você não pode ajudar. Mas não foi isso que aconteceu quando me encontrei com Rex. Meu instinto me disse que ele não era a vítima nos primeiros trinta segundos depois de me sentar com ele. Embora não importasse, porque fui treinado para ver todos os clientes da mesma forma na minha empresa — como horas faturáveis.

Suspirei.

— Nem sempre é o trabalho mais fácil.

Margo inclinou a cabeça e me estudou.

— Uma pena — disse ela com um suspiro.

— O quê? Que sou advogado?

— Não. Que você é o advogado do Rex.

— Por quê?

Ela olhou para o relógio e de volta para mim, mordendo o lábio inferior.

— Porque estou quase terminando esta noite. E você está parado bem embaixo de um dos visco que pendurei esta manhã.

Olhei para cima. *Puta merda.* Eu realmente estava. Não havia nada mais que eu queria fazer neste momento do que pegar Margo em meus braços e beijá-la até não aguentar mais. Aquele primeiro beijo ficou na minha cabeça por dias. Mas... não consegui. Eu estava prestes a dizer isso, relutantemente, quando ela, de repente, se virou e começou a se afastar.

Mas que...

Margo olhou para trás por cima do ombro e deu seu sorriso mais perverso.

— Tchau, sr. Advogado. Sinta-se à vontade para me ver ir embora agora. A menos, é claro, que isso também seja contra as regras.

Observei Margo Adams desfilar pela sala. Seu vestido vermelho abraçava a curva da sua bunda incrível enquanto balançava de um lado para o outro. Honestamente, era provavelmente antiético babar enquanto verificava a adversária do seu cliente, mas, neste ponto, eu tive sorte que isso foi tudo que me permiti.

Colocar as mãos em Margo Adams seria uma completa violação da ética.

No entanto, na boca do meu estômago, de alguma forma, eu sabia que ela valeria a pena.

CAPÍTULO 4

Chet

Decidi arriscar.

Lembra daquele jogo? Dois motoristas descendo a estrada prestes a ter uma colisão frontal. Era preciso desviar para evitar o acidente, o que geralmente era decidido por quem tinha as bolas maiores.

— Sr. Saint? — Minha assistente Lydia entrou silenciosa no meu escritório. — Seu compromisso das três horas chegou.

— Excelente. Dê-me cinco minutos e, em seguida, mande-o entrar.

Guardei os papéis espalhados do arquivo de outro cliente na minha mesa e puxei uma pasta de papel da gaveta — dos meus extratos bancários pessoais. Hoje, eu definitivamente teria as maiores bolas na sala. Embora, em raras ocasiões, nenhuma das partes desviasse e uma colisão se tornasse inevitável. Folheei a pasta e virei algumas das primeiras páginas para que o nome da conta não ficasse visível.

Lydia bateu e abriu minha porta na hora certa. Eu me levantei e abotoei meu paletó antes de dar a volta na mesa.

Rex Adams entrou no meu escritório como se fosse o dono do lugar.

Ele sempre foi um filho da puta arrogante?

Abri um sorriso treinado e muito falso e ofereci minha mão.

— Rex. Bom te ver. Estou feliz que você pôde vir hoje.

Ele resmungou:

— Três horas em uma porra de uma sexta-feira. O trânsito está terrível.

— Desculpe-me. Era o que eu tinha disponível. — Bem, exceto nesta manhã, às dez e ontem às onze, doze ou uma hora, e no dia anterior às, bem, praticamente a qualquer hora. Era quase Natal; os clientes não estavam batendo na porta para se encontrar com seu advogado de divórcio. Mas acho que devo ter esquecido de mencionar esses outros horários quando liguei para Rex e disse a ele que tínhamos que nos encontrar antes do nosso comparecimento ao tribunal na próxima semana. *Opa*. Foi mal. Me processe. — Por favor, sente-se. — Fiz um gesto para as cadeiras em frente à mesa e, em seguida, levantei uma perna para sentar no canto da minha mesa casualmente.

A posição significava muito durante uma negociação. Não era uma coincidência que eu estava olhando de cima para o sr. Adams esta tarde. Depois de endireitar minha gravata, peguei o arquivo com os extratos bancários e o segurei na minha mão.

— Enquanto estávamos fazendo uma pesquisa de possíveis contas não declaradas em nome da sua esposa, nossa equipe encontrou outra conta. Esta informação chegou recentemente a mim. — Segurei um lado da pasta com força e a abanei para que ele não pudesse ler o conteúdo, mas pudesse ver o suficiente para saber que os extratos bancários estavam lá dentro.

— Minha esposa tinha outra conta? Eu sabia que aquela vadia estava escondendo alguma coisa.

Minha mandíbula flexionou.

— Não, esta era uma conta no seu nome.

— Que conta?

— Bem, suponho que seja aquela sobre a qual você não me contou. — Cruzei os braços e me preparei para o que poderia ser o maior blefe da minha carreira. Um que poderia sair pela culatra bem na minha cara. — Parece que foi aberta para receber transferências de algum tipo de fundo mútuo.

Rex não parecia nem um pouco surpreso.

— Ah. *Esta*. A conta Banco Popular. Não está em meu nome. Está no nome da Maribel. Eu sou apenas o beneficiário.

Minhas sobrancelhas se juntaram.

— Desculpe, mas quem é Maribel?

— A minha garota.

— Ah. Entendo. Então, esta é uma nova conta aberta depois que você se mudou da casa em que vivia com sua esposa?

— Não. Abrimos há cerca de dois anos. Mas, como eu disse, não está no meu nome.

Que merda de cara.

Coloquei a pasta atrás de mim na mesa e cruzei as mãos — principalmente para não socar esse babaca.

— Deixamos de incluí-la em sua lista de ativos declarados que preparamos para apresentar na próxima semana — eu disse com naturalidade.

— Sou beneficiário de uma conta bancária no exterior. Não temos que listá-la.

Eu tive que abafar minha risada.

— Não é assim que funciona. Somos obrigados a listar todos os ativos *contingentes*, bem como os ativos circulantes.

Ele se mexeu na cadeira.

— Apenas finja que não viu, então.

Esse era exatamente o pedido que eu estava esperando que o idiota fizesse.

— Eu sinto muito. Não posso fazer isso.

— Por que não? — O rosto de Rex ficou cor-de-rosa de raiva.

— Porque isso seria subordinar uma conduta fraudulenta. É uma violação da ética.

Ele saltou da cadeira e se inclinou na minha direção.

— Mas você é um maldito advogado!

Eu fiquei de pé. E meu metro e oitenta e oito era muito mais alto do que seu um metro e setenta e dois, ou quanto que diabos ele tivesse.

— Você está insinuando que os advogados são antiéticos?

Ele recuou um pouco sua agressividade.

— Olha, você não pode mencionar essa conta.

Dei a volta na mesa e sentei na cadeira. Meu trabalho estava feito. Agora era só uma questão de eu o dispensar ou ele me dispensar. Não importava para mim se de uma forma ou outra.

Recostei-me na cadeira, me sentindo muito mais relaxado. Embora Rex agora estivesse sentado no limite, parecendo ansioso.

— Minhas mãos estão amarradas aqui. Como eu sei sobre a conta, não posso enviar sua lista de ativos ao juiz e subordinar uma conduta fraudulenta ao tribunal.

— Isso é bobagem! Seu trabalho é proteger meus interesses.

Levantei minhas mãos.

— Eu sinto muito. Ou você adiciona a conta à lista de ativos antes de submetê-la ao tribunal, ou não poderei submetê-la para você.

— Então, você está despedido.

Bingo!

Feliz Natal para mim.

Havia apenas mais uma pequena coisa que eu precisava fazer antes de sair para o feriado. Eu já havia preparado uma Moção de Retirada como advogado de Rex Adams e entreguei ao meu assistente jurídico para ser anexada. Depois de entrar na minha conta corrente para ter certeza de que meu cheque de bônus de fim de ano havia sido compensado, decidi que, como dar presentes a mim mesmo era muito divertido, eu iria me dar mais um. Passando pelo corredor do sócio sênior, bati na porta do único presente esta semana — Milton Fleming. Eu não era fã dele. Nas poucas vezes que fui convidado para saídas com executivos — geralmente porque eu tinha o melhor desempenho no golfe —, tudo o que ele fez foi falar merda sobre os outros associados e quais assistentes ele gostaria de curvar na copiadora.

— Chester. Pode entrar. Como vai o jogo de golfe hoje em dia?

Bem, é dezembro em Nova York, então os campos estavam praticamente congelados e cobertos de neve. Mas eu entraria no jogo, de qualquer maneira.

— Excelente. Simplesmente ótimo.

— Como posso ajudá-lo?

Fui até sua mesa e estendi um envelope para ele. Ele esticou a mão e o pegou.

— Esta é minha demissão. Eu realmente gostei dos últimos cinco anos aqui na Fleming, O'Shea e Leads, mas é hora de seguir em frente.

Suas sobrancelhas grandes e espessas franziram com força. Eu nunca tinha percebido antes, mas elas pareciam duas lagartas felpudas tentando acasalar.

— É por causa de dinheiro? Você não ficou feliz com seu bônus de fim de ano?

— Não, o bônus estava bom. Obrigado. Eu agradeço. Mas estou pronto para atuar sozinho.

— Você já informou aos seus clientes? — Era prática comum os advogados avisarem a seus clientes antes de à empresa para tentar convencê-los a ir com eles quando saíssem.

Balancei minha cabeça.

— Não. Eles são todos seus.

— Isto é bastante repentino. Achei que você fosse feliz aqui.

Quase ri disso. Como diabos ele saberia se eu era feliz? Até parece que ele já tinha perguntado.

— Não é nada pessoal. — Apontei para o envelope. — Eu escrevi que ficaria até o final do ano. Mas sou flexível se você quiser que eu fique um pouco mais.

Milton suspirou.

— Tudo bem. Vou avisar aos outros. Tenho certeza de que ficarão desapontados com a notícia.

— Tenha um bom feriado — desejei.

— Sim, você também.

Com todos os meus presentes de Natal finalizados no trabalho, eu ainda tinha mais um pequeno plano que precisava colocar em prática. Tranquei meu escritório e me dirigi para a porta da frente enquanto pesquisava *Star Events* no Google.

CAPÍTULO 5

Margo

— Você está pronta para um pequeno desafio?

Deus, eu realmente não estava no clima para isso. Ainda assim... não conseguia quebrar essa sequência estúpida. Suspirei.

— Vá com calma comigo. Não vou receber presentes do Papai Noel este ano, e ainda estou fazendo beicinho pela perda de um duende.

— Então, entendo isso como um sim? — Nancy ergueu uma sobrancelha.

— Sim. Claro. Mas seja gentil. Temos que estar no tribunal em uma hora, e não quero ficar toda afobada. — Nancy e eu nos encontramos em um café na esquina do tribunal. As pessoas entravam e saíam, e eu não conseguia deixar de olhar para cima sempre que os sinos natalinos pendurados na porta tilintavam. Minhas esperanças murchavam toda vez que não era um certo advogado. O que diabos havia de errado comigo? De todos os homens pelos quais se tornar obsessiva, tinha que ser o único cara em quem eu deveria ter zero interesse... e o único que não tinha permissão para ter nenhum interesse em mim? Bebi meu chocolate quente de hortelã-pimenta e suspirei. — Então, qual é o meu desafio?

— Você vê aquele estande do Exército da Salvação do lado de fora?

Eu me virei para olhar pela janela.

— Sim.

— Acabei de assistir ao Papai Noel sair em um Lexus amassado estacionado em uma vaga para deficientes físicos, embora ele parecesse perfeitamente bem. Pegue aquele sino irritante da porta, fique do lado de fora e cante *Jingle Bells* até que você consiga alguém para colocar dinheiro na caixa de doações.

Embora constrangedor, já que eu não sabia cantar uma merda, poderia ter sido um desafio muito pior com Nancy. Tirei minhas luvas do bolso e as calcei, depois vesti meu casaco antes que ela mudasse de ideia. Balancei um dedo para ela.

— Sem me filmar.

Ela ergueu as mãos como se fosse a Pequena Miss Inocente.

— Quem? Eu? Nunca.

Revirei os olhos, mas me dirigi para a porta. Olhando por cima do ombro, vi que ninguém parecia estar prestando atenção, então tirei os sinos da maçaneta antes de sair e ficar em posição ao lado do estande do Exército da Salvação.

— *Jingle Bells. Jingle Bells. Jingle All the Way.*

Merda. Quais eram a porra do resto das palavras? *Eh. Quem se importa?* Virei-me para ter certeza de que minha amiga me viu e comecei a cantar o único verso que aparentemente conhecia pela segunda vez, enquanto acenava para ela.

— *Jingle Bells. Jingle Bells. Jingle All the Way.*

Nancy ergueu as mãos, palmas para cima e acenou para cima e para baixo, indicando que eu deveria cantar mais alto. Então eu o fiz enquanto sorria como uma idiota para ela.

— *Jingle Bells!*

— *Jingle Bells!*

— *Jingle All the Way*!

Nancy me deu um sinal de positivo e eu continuei minha interpretação gritante do refrão de oito palavras de *Jingle Bells* quando me virei... e encontrei um homem parado bem na minha frente.

E não qualquer homem.

Chet.

— *Jingle Be...* — Eu congelei.

Ele arqueou uma sobrancelha.

— Segundo emprego?

— É um desafio. Você pode simplesmente enfiar um dólar no pote para que eu possa parar?

Chet tirou a carteira do bolso da frente da calça e puxou uma nota de dez dólares de dentro. Ele a acenou na minha frente.

— Então, tudo que preciso fazer é jogar isso no balde, e você pode parar de cantar?

— Sim.

Ele sorriu de orelha a orelha, então enfiou o dinheiro de volta no bolso e cruzou os braços. Dando alguns passos para trás, ele se encostou em uma coluna.

— Continue cantando.

Meu queixo caiu.

— Você está brincando? Realmente não vai me ajudar?

— Só depois de curtir um pouco o show.

Semicerrei os olhos para ele.

O idiota semicerrou os olhos de volta com um sorriso malicioso.

Um casal de idosos de boa aparência começou a caminhar em direção à porta da cafeteria. Então dei língua para Chet e comecei a cantar na direção deles.

— *Jingle Bells. Jingle Bells. Jingle All the Way.*

O casal virou a cabeça e passou direto para entrar.

Chet começou a rir.

Isso continuou por uns bons cinco minutos. Pelo menos meia dúzia de pessoas passou, e todas me ignoraram. Finalmente, Nancy saiu. Ela colocou uma nota de cinco na caixa de doações e me entregou meu chocolate quente enquanto ria.

— Os cachorros da vizinhança estão uivando. Eu tive que salvá-los. Além disso, é hora de ir ao tribunal.

Chet assentiu.

— Obrigado pelo show, senhoritas. Vejo vocês no tribunal.

— Excelência, tenho uma moção a apresentar hoje.

O impaciente juiz Halloran fez uma careta e gesticulou para que Chet se aproximasse.

Inclinei-me para Nancy e sussurrei:

— O que está acontecendo?

Ela balançou a cabeça.

— Não faço ideia. É a primeira vez que estou ouvindo sobre isso.

Chet entregou alguns papéis ao juiz, caminhou até nossa mesa e entregou uma pasta semelhante a Nancy.

— Desculpe pelo serviço de última hora — disse ele.

Então o bastardo teve a coragem de piscar para mim. *Ele piscou para mim!*

Minha advogada e o juiz folhearam as páginas enquanto eu esperava que alguém me contasse o que diabos estava acontecendo agora.

O juiz Halloran tirou os óculos e esfregou os olhos.

— Sr. Adams, por favor, fique de pé.

Meu quase ex-marido estava sentado à mesa em frente a nós.

— Seu advogado entrou com uma Moção de Retirada, declarando que você o dispensou dos seus serviços. Isso está correto?

O quê? Meus olhos se arregalaram e minha cabeça virou para Nancy, que me silenciou e balançou a cabeça.

— Sim, está correto, Excelência.

Halloran suspirou.

— Eu odeio atrasos. Embora seja seu direito, estou dizendo agora que este será o último adiamento concedido para o caso. Contanto que o advogado da outra parte não se oponha, vou agendar a audiência para a primeira semana de janeiro. Você contratou um novo advogado?

— Sim, Excelência.

— Então, onde ele está hoje?

— Nas Bahamas, de férias. Mas ele estará de volta um dia depois do Ano-Novo.

O juiz resmungou.

— Claro que estará. — Ele olhou para a nossa mesa. — Sra. Davis, você se opõe à retirada do advogado e a um curto adiamento para permitir que o novo advogado seja atualizado?

Nancy balançou a cabeça.

— Não, Excelência. Por mim tudo bem.

O juiz colocou os óculos de volta.

— Moção de Retirada concedida. A audiência de hoje foi reprogramada para 5 de janeiro. — Ele bateu o martelo e todos começaram a arrumar suas coisas.

— Huh. O que acabou de acontecer? — perguntei a Nancy.

Ela sorriu.

— Feliz Natal. Espero que goste do presente.

— Não entendo. Você acabou de permitir que meu divórcio fosse adiado novamente e acha que isso é *um presente*?

Ela se aproximou.

— É sim, porque, agora que Chet não é o advogado de Rex, você pode transar loucamente com ele. Apenas certifique-se de embrulhar o presente. De nada.

Não tive notícias de Chet depois que ele saiu do tribunal naquele dia.

Depois de um feriado tranquilo com minha família no Queens, me senti rejuvenescida. Não era normal eu tirar uma folga do trabalho, mas era algo que eu já deveria ter feito.

Eu não tinha planejado trabalhar até depois do Ano-Novo, mas, quando recebi uma ligação alguns dias depois do Natal solicitando que planejasse um jantar privado que pagaria o triplo da minha tarifa normal, decidi aceitar. Era muito dinheiro para um pequeno evento para dois, e eu sabia que poderia organizá-lo em um piscar de olhos. Era particularmente fácil porque a assistente do cliente me disse que eu poderia literalmente fazer o que quisesse. Esses eram o tipo de trabalho que eu realmente achava difícil recusar. Quando tinha carta branca, eu era como uma criança em uma loja de doces. A melhor parte era: mesmo que a festa fosse na véspera de Ano-Novo, toda a organização seria concluída bem cedo. Eu só teria que aparecer no início do jantar para me certificar de que os preparativos tivessem ocorrido sem problemas, e ainda seria capaz de salvar a maior parte da noite. Não que eu tivesse planos além de assistir a Ryan Seacrest enquanto me entupia de Ben & Jerry, sabor Cherry Garcia. Não haveria um encontro quente na véspera de Ano-Novo. Não haveria beijos em ninguém ao badalar da meia-noite. Infelizmente, tanto quanto odiava admitir, eu ainda estava muito presa a fantasias de Chet Saint para querer colocar minha cara na rua.

Eu ainda não conseguia acreditar que ele não era mais o advogado de Rex. Uma parte da minha imaginação esperava que talvez ele aproveitasse o fato de que agora estava livre do nosso *conflito de interesses* para me procurar. Mas, se fosse esse o caso, ele teria ligado ou enviado uma mensagem. Então, o fato de eu não ter ouvido falar dele provou que não estávamos na mesma página.

Apesar do início volátil, nossa química foi palpável naquela festa à fantasia. Estava claro que, se Rex não estivesse no caminho, teríamos continuado o que começamos no café. Eu me perguntei o que fez Rex dispensá-lo. Queria acreditar que talvez Chet realmente tivesse ficado cheio do tipo de pessoa que Rex é e o tivesse enfrentado, recusando-se a entrar nos jogos do meu ex. Agora Chet estava livre de Rex. Se eu pudesse dizer o mesmo...

Eu tinha acabado de chegar ao local que reservei para o evento da véspera de Ano-Novo para ter certeza de que tudo estava certo. Liguei para todos os meus contatos nos melhores hotéis com vista para a Times Square e finalmente consegui encontrar um quarto que permitiria ao meu cliente ver a bola caindo hoje à noite sem ter que suportar o frio e a multidão abaixo. Era o melhor dos dois mundos. Meu fornecedor de buffet concordou em preparar uma refeição de última hora da culinária marroquina. Por que marroquina? Porque eu poderia escolher o que eu quisesse, e já fazia um tempo desde que dei uma festa com tema marroquino.

O quarto parecia exatamente como pedi aos meus assistentes para arrumá-lo. Um caminho de mesa tradicional marroquino estava estendido sobre uma mesa. Lâmpadas coloridas foram colocadas estrategicamente em todo o espaço. Trouxemos cortinas em tons de joias e almofadas de cetim de várias cores. Realmente parecia místico com um toque real. A música Gnawa marroquina seria tocada em um alto-falante em um loop contínuo, já que o cliente queria privacidade, solicitando especificamente que ficassem sozinhos, o que significava que não haveria violinista ou qualquer outro músico ao vivo.

O cliente pediu para me encontrar antes do jantar privado começar, então meu plano era ficar por ali tempo suficiente para fazer essa introdução. Escolhi um vestido roxo-escuro para combinar com a decoração. Eu estava olhando pela janela para as luzes abaixo enquanto esperava a chegada do cliente. Ele, aparentemente, viria mais cedo do que sua convidada para garantir que tudo atendesse às suas necessidades antes de surpreendê-la com este jantar. Eu não tinha falado com ele, apenas com sua assistente. Dado que esta era uma festa íntima para dois, me perguntei se talvez ele planejasse pedi-la em casamento esta noite ou algo assim.

— Sra. Adams?

Uma voz profunda me assustou enquanto eu olhava pela janela. Eu me virei e meu sorriso se transformou em puro choque. Um homem estava vestido com esmero em um smoking ajustado. Ele também era o último homem que imaginei ver: Chester Saint.

Chet.

O que ele está fazendo aqui?

Ele limpou a garganta enquanto olhava para o meu vestido roxo.

— Espero que você possa ficar.

Ele estava deslumbrante naquele smoking. E eu? Eu estava simplesmente *deslumbrada*. Olhando ao redor em estado de choque, eu disse:

— Ficar? Tudo isso... é para mim? *Você* é o meu cliente?

— Sei que esta foi uma maneira dramática de fazer você sair comigo. Mas senti que, depois da maneira complicada que nos conhecemos, eu devia a você uma noite adequada.

Minha mão ainda estava no peito quando dei alguns passos em direção a ele, minhas pernas parecendo bambas.

— Na verdade, a maneira como tecnicamente nos conhecemos é provavelmente uma das minhas melhores lembranças.

Ele sorriu.

— Isso é verdade. A maneira como nos conhecemos naquele café foi realmente muito legal. *Complicada* se referiu a tudo o que aconteceu *depois* daquele dia.

As luzes da Times Square brilharam através da grande janela. Mas não havia distração externa que pudesse tirar meus olhos dele.

— Você poderia simplesmente ter me levado ao Five Guys para comer hambúrgueres, sabe? — eu disse. — Isso teria sido bom o suficiente.

— Achei que ter você planejando este jantar privado, faria com que tudo saísse perfeito e exatamente do seu agrado.

— E aqui estava eu pensando que, quem quer que fosse essa mulher, ela era a garota mais sortuda do planeta. Nunca imaginei que *ela* fosse... *eu*.

Ele sorriu, colocando as mãos nos bolsos e parecendo incrivelmente bonito.

— Você está bem com isso... em se juntar a mim para jantar?

Essa foi fácil.

Meu corpo se encheu de excitação enquanto eu assentia ansiosamente.

— Sim.

Estávamos a apenas alguns centímetros de distância quando ele disse:

— Não consigo parar de pensar em você. Depois da nossa conversa na festa de Natal, continuar a representar Rex parecia errado. Por mais de um motivo.

— É errado eu ter ficado aliviada por ele ter dispensado você?

Sua boca se curvou em um sorriso.

— Digamos que eu possa ter me preparado para isso. — Ele piscou.

Eu sabia. Ele *queria* ser dispensado.

— Sua empresa lhe causou problemas por isso?

— Não. Na verdade, deixei a empresa no mesmo dia. Estou começando meu próprio escritório e, honestamente, não poderia estar mais feliz.

O quê?

Fiquei emocionada ao ouvir isso. Eu teria odiado que ele tivesse prejudicado sua carreira por causa do que aconteceu com meu ex perdedor.

— Chet, isso é incrível. De verdade. É um novo começo.

Ele fez uma pausa antes de dizer:

— Eu quero isso com você também, um novo começo. Eu realmente gostaria de retomar de onde paramos naquele dia no café.

Calafrios percorreram minha espinha. Não havia mais nada que eu quisesse.

— Eu gostaria disso.

Ele olhou para o meu vestido e depois para mim.

— Você parece um sonho. Tão linda.

— Assim como você. — Rindo nervosamente, eu balancei minha cabeça. — Quero dizer, lindo.

— Bem, da última vez que você me viu arrumado, eu era Buddy, de Um Duende em Nova York, então qualquer coisa é uma melhoria. — Ele piscou.

Durante as próximas horas, nós nos sentamos e apreciamos as iguarias picantes que o buffet havia feito. Em vez de sentar à mesa, nós nos recostamos confortavelmente em almofadas de cetim no chão enquanto a música marroquina tocava baixa ao fundo. Foi realmente mágico.

Chet ouviu atentamente enquanto eu contava a ele toda a história sobre Rex e o meu casamento. Ele também me contou sobre alguns dos seus relacionamentos anteriores. Conversamos sobre nossas carreiras, esperanças e nossos sonhos para o futuro. Nós nos abrimos sobre muitas coisas, e foi uma das melhores conversas que eu tive em muito tempo. Algo que já deveria ter feito.

Em certo ponto, estávamos nos olhando nos olhos e pude sentir seu desejo vibrando em mim quando ele falou:

— Eu disse a mim mesmo que ia esperar até meia-noite para beijar você, mas eu realmente quero fazer isso agora.

Sem pensar muito, eu respondi a ele, silenciosamente, inclinando-me e colando os lábios nos dele. Ele gemeu na minha boca quando eu me rendi a ele.

Sua boca estava quente e faminta por mim. A sensação de euforia de que me lembrei daquele dia no café foi imediatamente familiar, exceto que, desta vez, foi amplificada pela sensação do seu corpo rígido pressionado contra mim. Parecia que tinha passado uma eternidade desde que estive com um homem, e percebi que queria Chet mais do que qualquer coisa em muito tempo.

Correndo as mãos por seu cabelo sedoso, puxei-o para mais perto enquanto nosso beijo ficava mais profundo. A cada segundo que passava, ficávamos mais perdidos um no outro. Eu podia sentir sua ereção quente através da sua calça. *Eu o queria.*

Quando o beijei naquele primeiro dia no café, foi porque eu estava *tentando* provar minha impulsividade. Não havia necessidade de *tentar* esta noite. Eu não poderia parar o rumo que isso estava tomando, mesmo se quisesse. Nunca pareceu tão natural me soltar e me perder em alguém. E, felizmente, apesar do que seu sobrenome poderia implicar, Chester não era um *santo*. E isso estava bom para mim.

Nem é preciso dizer que nunca assistimos à descida da bola. Mas não importava, porque os fogos de artifício dentro da nossa suíte eram maiores do que qualquer coisa acontecendo lá fora na Times Square. E, de alguma forma, eu sabia que este ano seria o melhor até agora.

Boas festas a todos os nossos leitores!
Desafiamos você a fazer algo impulsivo e
divertido no ano que vem!

Entre em nosso site e viaje no nosso mundo literário.
Lá você vai encontrar todos os nossos
títulos, autores, lançamentos e novidades.
Acesse www.editoracharme.com.br

Você pode adquirir os nossos livros na loja virtual:
loja.editoracharme.com.br

Além do site, você pode nos encontrar em nossas redes sociais.

 https://www.facebook.com/editoracharme

 https://twitter.com/editoracharme

 http://instagram.com/editoracharme

 @editoracharme